FERZAN ÖZPETEK

BİR NEFES GİBİ

Can Çağdaş

Bir Nefes Gibi, Ferzan Özpetek
İtalyanca aslından çeviren: Neval Barlas
Come un Respiro
İlk baskı (çeviride kaynak olarak kullanılan basım): Mondadori, 2020

1. basım: 2020
2. basım: Temmuz 2020, İstanbul
Bu kitabın 2. baskısı 10 000 adet yapılmıştır.

Dizi editörü: Cem Alpan
Editör: Nükhet Polat
Düzelti: Ebru Aydın, Mert Tokur
Mizanpaj: Bahar Kuru Yerek

Kapak uygulama: Alper Zeki / Lom Creative (www.lom.com.tr)
Kapak fotoğrafı: © Sensorspot/iStock
Grafik uygulama: Noemi Sorze

Kapak baskı, iç baskı ve cilt: İnkılap Kitabevi Baskı Tesisleri
Çobançeşme Mah. Altay Sk. No: 8
Yenibosna-Bahçelievler, İstanbul
Sertifika No: 44066

ISBN 978-975-07-4465-5

CAN SANAT YAYINLARI
YAPIM VE DAĞITIM TİCARET VE SANAYİ A.Ş.
Hayriye Caddesi No: 2, 34430 Galatasaray, İstanbul
Telefon: (0212) 252 56 75 / 252 59 88 / 252 59 89 Faks: (0212) 252 72 33
canyayinlari.com
yayinevi@canyayinlari.com
Sertifika No: 43514

FERZAN ÖZPETEK

BİR NEFES GİBİ

ROMAN

İtalyanca aslından çeviren

Neval Barlas

can

Ferzan Özpetek'in Can Yayınları'ndaki diğer kitapları:

İstanbul Kırmızısı, 2014

Sen Benim Hayatımsın, 2015

FERZAN ÖZPETEK, İstanbul, Kalamış'ta doğdu. 1976'dan beri Roma'da yaşıyor. 1997'de senaryosunu yazıp yönettiği *Hamam* filmi Cannes Film Festivali'nde gösterildi ve yüksek bir başarı elde etti. *Harem Suare* (1999) ve *Cahil Periler*'le (2001) Avrupa'nın en çok konuşulan yönetmenlerinden biri haline geldi. *Karşı Pencere* (2003), *Kutsal Yürek* (2005), *Bir Ömür Yetmez* (2007), *Mükemmel Bir Gün* (2008), *Serseri Mayınlar* (2010), *Şahane Misafir* (2012), *Kemerlerinizi Bağlayın* (2014) filmleri, sanatçının bu başarısını perçinledi. 2011'de *Aida* ve 2012'de *La Traviata* operalarını yönetti. Filmleri dünyanın pek çok ülkesinde gösterilen ve birçok saygın ödül kazanan Özpetek için New York Modern Sanat Müzesi (MoMA) 2008'de bir retrospektif gösterim düzenledi. 2014'te *İstanbul Kırmızısı*, 2015'te *Sen Benim Hayatımsın* adlı romanları yayımlandı.

NEVAL BARLAS, İzmir'de doğdu. Roma La Sapienza Üniversitesi Siyasal Bilgiler Fakültesi mezunu. Yazılı basın dünyasında editör, yazıişleri müdürü ve genel yayın yönetmeni olarak görev aldı. İtalyanca sözlükler ve yazım kılavuzları kategorisinde eserler yazdı. Carmen Llera Moravia'nın *Georgette* adlı romanını, Carlo Goldoni'nin *Gelin ile Kaynana* adlı tiyatro eserini Türkçeye kazandırdı.

Valter ve Asaf'a

"Seni seviyorum ve bunun bu kadar oluşu beni kırıyor."
Anonim

"İmkânsız aşklar asla bitmez."
Serseri Mayınlar

Kaş, 20 Haziran 2019

Sevgili Adele,

Bu mektubu sana Kaş Limanı'na bakan bir kafenin terasından yazıyorum. Bir hafta daha buradayım. Sana, başımdan geçenleri ve uzaklardaki yeni hayatımı anlattığım son mektubu yazalı uzun zaman oldu. Bu süre içinde pek çok şey yaşandı ve birçoğu da derin izler bıraktı. Zamanla yaşama duyduğum heyecanı biraz yitirdim ama bunu doğal karşılamalı, ne de olsa "olgun" bir kadınım artık. Ve hayal edemesem de, tabii ki sen de öyle olmalısın.

Geçtiğimiz yıl bedenen beni çok zorladı. Kendimi tanımakta güçlük çekiyorum sanki. Yaşam beni tüketiyor. Aynaya baktığımda karşımda bitkin bir kadın görüyorum. Her gelenin bir öncekini arattığı acılar kadar, sevinçlerle de dolu bir hayat yaşadım. Bir ay önce can dostum Dario'yu kaybettim. Türkiye'de yaşamıyordu artık, ama iletişimi hiç kesmemişti, hemen her hafta telefonlaşıyorduk. Yazın bu ilk günlerinde Kaş'ta buluşmayı kararlaştırmıştık. Ama ölümün nasıl acelesi varmış ki, bir veda bile edemeden aldı onu bizden. Arkasından, kimse için ağlamadığım kadar ağladım, aşk için bile bu kadar gözyaşı dökmemiştim. İyimserliği, müstehziliği, sözünü sakınmazlığı aklımdan çıkmıyor.

Bugün harika bir güneş var, ama ben, soluğumu kesen tarif edilemez bir endişe içinde, geçmişin hayaletleriyle birlikte gölgede oturuyorum. Hayat biraz daha adil olsaydı Dario şimdi yanımda olur; elinde sigarası, kahvesini yudumlardı. Ama randevumuzda tek başımayım. Biliyorum, buraya gelmek saçmaydı, ama bunu ona borçlu olduğumu düşündüm. Bu yolculuğu öyle heyecanla bekliyorduk ki iptal etmek haksızlık olurdu. Ama şimdi, kalbimin sesini dinlemekle ne kadar iyi ettim bilmiyorum. Yokluğuyla katlanmak dayanılır gibi değil. Masmavi, pırıl pırıl deniz bile içimi acıtıyor. Ve çok sevdiğim Nâzım Hikmet'in dizleri aklıma geliyor:

Günler gitgide kısalıyor,
yağmurlar başlamak üzere.
Kapım ardına kadar açık bekledi seni.
Niye böyle geç kaldın?

Bu mısralar içimi daha da acıtıyor. Ve buradayım işte, teselli edilemez ve kırılgan.

Acı eski yaraları kanatıyor ve yitirdiğim her şeyi düşünmeye itiyor beni. Seni düşünmeye. Ve işte uzun bir sessizlikten sonra, tekrar yazıyorum.

Nerede kalmıştık? Ne oldu bize?

Yollarımız ayrılalı elli yıl oldu ve kuşkusuz o günün birlikte geçireceğimiz son gün olduğunu ikimiz de tahmin edemezdik. Bir daha hiç görüşmeyeceğimizi... İster inan ister inanma, İtalya'yı terk etmek asla bir kaçış değildi benim için. Sayesinde yeniden doğduğum hayati bir seçimdi. Umarım kalmak da senin için öyle olmuştur. O karar sayesinde yeniden sevdim, aldattım, çok güldüm, çok da acı çektim. Ya sen? Sen neler yaşadın bunca yıl? Bunu düşünmediğim gün yok.

Her şeyin başladığı o yerden uzak durmam için artık bir neden yok, ve seni son bir kez görmek istiyorum. Fazla

Rosto neredeyse hazır. Mis gibi kokuyor. Graten sebzelerin kokusu da iştah açıcı. Buzdolabının yanında asılı duran saat 11.30'u gösteriyor. Bir saate kalmaz misafirler gelir, ömürlük dostlara misafir denirse tabii: Giulio ile Elena ve bebek bekleyen Annamaria ile Leonardo. Sergio, buzdolabına dönerken gözü mutfak penceresindeki yansımasına takılıyor ve bir an için bu görüntü hoşuna gidiyor. Yakışıklı bir adam ve bunun farkında. Esmer, kıvırcık saçlı, kahverengi gözlü, geniş alınlı, dolgun dudaklı. Otuz dört yaşında, vücudu fit ve kaslı, ama spor salonlarından çıkmayanlar gibi abartılı değil.

Hemen arkasında, Giovanna mutfak masasının etrafında dönüp duruyor. İki yıldır evli, on iki yıldır da birlikteler. Ve Sergio onu, ne yaptığını gözü kapalı bilecek kadar iyi tanıdığını düşünüyor. Ama on iki yıl birbirini gerçekten tanımak için yeterli mi? Sergio ansızın dönüp Giovanna'ya bakıyor; üstünde eşofmanı, bir binanın temelini atan mimar titizliğiyle altı kişilik sofrayı hazırlıyor. Mavi gözleri düşünceli. Dağınık kısa sarı saçlarıyla, üniversite kafeteryasında tavladığı o genç kızdan farkı yok sanki, oysa ikisi de aynı yaşta, arkadaşları gibi otuzlarındalar. Sergio kendi kendine gülümsüyor: Karısını, her satırını ezbere bildiği bir kitap gibi okuyabildiğinden emin. Kendine güvenli, samimi ve karizmatik. Onda olmayan bir şey varsa o da öngörülemezlik. Belki de bu yüzden seviyor onu.

Tıpkı Testaccio'da, 1900'lerden kalma görkemli apartmandaki daireleri gibi, duruşuyla güven veriyor. Zevklerini tam anlamıyla yansıtan bu evi iki yıl önce satın aldılar, ama sanki yıllardır orada yaşıyorlar. Ev, aydınlık iki geniş bölümden oluşuyor: bir tarafta gömme dolaplı ve ebeveyn banyolu yatak odası, diğer taraftaysa salon, bitişiğinde çalışma odası ve mutfak. Mutfak, zaman içinde vazgeçilmez bir ritüele dönüşen pazar yemeklerinde dostlarını rahatça ağırlayacakları genişliğe sahip.

Sergio arkadaşlarına yemek yapmayı seviyor. Hafta içi, adliye ve avukatlık bürosu arasında mekik dokuyarak geçiyor. Uzmanlık alanı şirketler hukuku, müvekkilleri zengin, aldığı davalar milyon ciroluk. İyi kazanıyor şüphesiz, ama stresli bir iş. Yemek yapmak onun için bir terapi gibi. Tam bir gurme olarak, kavanozlar, baharatlar ve aromatik bitki saksılarıyla dolu, tam teçhizatlı geniş mutfağında yeni tarifler denemeye bayılıyor. Giovanna'yla birlikte dostlarını mutfağın tam ortasındaki, zamanla rengi koyulaşan ahşap masada ağırlıyorlar. Çünkü orası evin, ikisinin de en çok sevdiği bölümü. Buradaki her mobilya, her eşya özenle seçildi ve yerleştirildi.

Giovanna, masa örtüsü kullanmayı hiç sevmez çünkü ahşabın dokusundan çok hoşlanır. Tabakları, çatal bıçakları yerleştirdikten sonra bardakları getiriyor. Ardından da bir adım geriye gidip, tuvaldeki bitmiş tablosunu süzen bir ressam edasıyla eserini inceliyor. Sergio gözucuyla ona bakıyor. Yaptığı her işte mükemmeliyetçi. Giovanna şimdi buzdolabından çıkardığı kabak çiçeklerini bir demet kırmızı biberle karıştırıyor, ardından iki *baby* patlıcan ekliyor. Dolaptan beyaz seramik bir kâse alıp karışımı içine koyuyor: Orta süsü olarak masada muhteşem duracak.

"Hay aksi, saat yarıma geliyor ve ben hâlâ duşa giremedim!" diyor mutfak duvarında asılı saate bakarak.

Sergio fırını kapatırken, "Telaş yapma, git sen, gerisini ben hallederim," diyor onu sakinleştirmek için. "Fırınla işim bitti zaten."

"Ekmek dolapta, beyaz torbanın içinde..."

"Tamam, hadi sen işine bak, yoksa eşofmanla karşılayacaksın insanları!"

Bu korkunç ihtimal karşısında –konukların onu böyle paspal yakalaması– Giovanna hızla banyoya giriyor. Sergio bu arada dolaptan aradığını buluyor: Kocaman bir odun ekmeği. Yarısını dilimleyip diğer yarısını, gerektiğinde hemen kesmek için, ekmek tahtasında bırakıyor. Belli belirsiz gelen su sesinden karısının duşa girdiğini anlıyor. Tam o anda mutfağa açılan dış kapının zili çalıyor. Leonardo ve Annamaria olmalı, diye düşünüyor, hep de erken gelirler, apartman kapısı açık kalmış olmalı.

"Erken gelmeseniz olmaz, kahro..." derken birden susuyor.

Kimin geldiğinden emin bir şekilde gözetleme deliğinden bile bakmadan kapıyı hırsla açtığı anda şaşkınlıktan donakalıyor. Karşısında: Yılların yorgunluğuyla omuzları düşmüş, yetmişlerinde bir kadın duruyor. Omuz hizasındaki boyalı sarı saçlarının arasından değerli oldukları belli antika küpeler göze çarpıyor. Üzerinde, bedenine hafifçe oturan, dikimi kusursuz, petrol mavisi keten bir elbise var. Boynunda kehribar bir kolye, elinde ise işlemeli şık bir çanta. Yüzündeki kırışıklar hayli belirgin, ama Sergio'nun dikkatini çeken, sürmeli, insanın içine işleyen yeşil gözleri oluyor.

Sergio biraz şaşkın, biraz büyülenmiş, kadını inceliyor. Kim acaba? Tanışmadıklarından emin. Kadın da ona şaşkın bir ifadeyle bakıyor. Aslında şaşkından çok, karşısında başka birini görmeyi beklediğinden olsa gerek, sarsılmış gibi. Sonra, bir an duraksayıp gözucuyla kapı zilindeki ismi kontrol ediyor. Ama Sergio ve Giovanna henüz isimlerini zile yazmaya vakit bulamamışlar, açıkçası hiç de önemsememişler. Şimdi birden, bu yaptıkları Sergio'ya kabul edilemez bir ihmalkârlık gibi geliyor.

Sessizlik uzayınca, bu davetsiz misafir silkiniyor ve masum bir edayla gözlerine bakıp gülümsüyor: "Affedersiniz rahatsız ettim. Üstelik pazar pazar, bu saatte..."

Sergio şaşkınlıktan bir süre konuşamıyor, tam bir şey söyleyecekken kadın devam ediyor: "Adım Elsa Corti, yıllar önce burada oturuyordum."

Elini uzatıyor. Sergio da karşılık verdiğinde kadının bir daha bırakmayacak gibi sıktığını fark ediyor. Serçeparmağında mühürlü altın bir yüzük var. Bu arada, elinden kendini tanıtmak ve istemeden yaptığı korkunç bir hatayı itiraf eden bu kadını anlayışla karşılamaktan başka bir şey gelmeyen ev sahibinin omuzlarının üzerinden içeri göz atıyor.

"Kadere inanır mısınız?" diye soruyor umut dolu bir edayla.

Böylesi net bir soru karşısında Sergio irkiliyor. Gençliğinde çok güzel olmalıydı, diye geçiriyor aklından.

"Apartman kapısını açık bulunca ev sanki beni çağırıyor gibi geldi," diye devam ediyor Elsa. "Uzun süredir Roma'dan uzaktaydım... elli yıldır gelmiyordum bu sokağa. Bu sabah biraz yürümek için otelden erkenden çıktım. Colosseum'a gideyim derken ayaklarım beni buraya, her şeyin başladığı yere sürükledi. Etrafımdaki her şey aslında çok farklı olsa da, gözüme garip bir şekilde aynı geliyordu ve kendimi bir anda bu kapının önünde buluverdim, sanki burayı hiç terk etmemişim gibi. Evi tekrar görmeyi çok istedim. Sizi de rahatsız ediyorum, lütfen kusuruma bakmayın! Bugün böyleyim, aklım kim bilir nerede."

"Rica ederim, ne demek, anlıyorum..." diye kekeliyor Sergio. "Anlıyorum..." Şaşkınlıktan ne diyeceğini bilemiyor.

Elsa verdiği rahatsızlıktan ötürü tekrar özür dilerken bir yandan da, orada oluşunun asıl nedenini saklar gibi evin içine göz atmaya devam ediyor. Sonra bir anda kendine geliyor, "O halde teşekkür ederim, hoşça kalın. Eee, şey, sakıncası yoksa, yine gelebilir miyim?.." diyerek isteksizce geri adım atıyor.

Normal şartlarda Sergio, kendisini pazar ritüelinden ve yemek yapmaktan alıkoyan bu yersiz ziyaretçiden bir an önce kurtulmak için hiçbir fırsatı kaçırmazdı. Sadece ses tonuyla canını sıkan herhangi birini ânında başından savan Giovanna kadar olamasa da, o da düzeninin bozulmasından pek hoşlanmaz. Ama kadının halinden etkileniyor. İçinde uyanan merak duygusunu bastıramıyor.

"Gelmişken eve bir bakmak ister misiniz?.." diye soruyor bir anda, onu davet edercesine kenara çekilerek. "Ama ne yazık ki size ayıracak çok vaktim yok: Az sonra misafirler gelecek de..."

"Çok naziksiniz!" Kadının yüzü bir tebessümle aydınlanıyor. "Sizi yeterince rahatsız ettim. Aslında..." Bir an için duraksıyor. "Şöyle etrafa bir göz atsam yeter."

Sözlerini bitirmesiyle içeri girip mutfağın orta yerine durması bir oluyor.

"Ne heyecanlar yaşadım burada bilemezsiniz, ama şimdi bambaşka bir ev sanki. Burada bir duvar vardı. Orada da kiler dolabı. Ve ocaklar tabii... o eski ocaklar," diye mırıldanıyor. Sonra hipnotize olmuşçasına bir noktaya bakakalıyor. Pencerenin dışındaki bir noktaya.

O esnada Giovanna geliyor yanlarına. Üstünü değiştirmiş ama saçları hâlâ nemli. Tanımadığı bir ses duymuştu: Neler oluyor? Hoşnutsuzluğunu belirten bir ifadeyle bir yabancı kadına bir Sergio'ya bakarken Sergio, Giovanna sormadan yanıtlamaya çalışıyor: "Sizi... sizi tanıştırayım. Bu hanım... Elsa Corti.

Kadın, Giovanna'ya gülümserken küpelerinin parıltısı göz alıyor.

"Eşiniz beni içeri davet etme nezaketini gösterdi. Yıllar önce yaşadığım evi görmek istedim sadece, sonra gideceğim," diyor Sergio'ya bakarak. Öğretmenine suçüstü yakalanan haylaz bir öğrenci gibi. Giovanna'nın yüzünde şaşkın bir ifade: Kim bu kadın?

Sergio hemen araya giriyor: "Yemeğe misafirimiz olduğunu söyledim."

Ama Giovanna pek dinlemiyor onu, dikkati tamamen kadının üzerinde: Yaşına rağmen müthiş bir enerji yayıyor. Ayrıca kıyafetinin soğuk ve sıcak tonlarından, elbisenin petrol mavisi ile kolyenin kehribar rengini buluşturan cesur renk uyumundan çok etkilenmiş gibi. Siyah ve bej tonların tekdüzeliğinden bir türlü vazgeçemeyen Giovanna, bir an için kendini olduğundan yaşlı hissediyor. Elsa'nın kendine özgü bir zarafeti var. Kuşkularından sıyrılan Giovanna, gülümsemesine karşılık veriyor. Birden, bu evin eski sahibi olduğunu söyleyen yabancı kadınla empati kuruyor.

"Demek burada oturmuştunuz?" diye soruyor, kocasına anlayışlı bir bakış atarak: Kadını birkaç dakikalığına dinleseler ne çıkar! İkisi de meraktan çok hayranlık duyuyor ona. Elsa soruyu bakışıyla yanıtlıyor. Pencereye yaklaşıyor, gözlerini bir anıyı tekrar yaşıyormuşçasına tek bir noktada sabitliyor. Sessizliğin uzamasıyla meraklanmaya başlayan çift ağzından laf almaya çalışıyor.

"Yalnız mı yaşıyordunuz?" diye soruyor Sergio.

"Çocukluğunuz burada mı geçmişti?" diye ekliyor Giovanna.

Ama kadının aklı başka yerde. Sanki konuşurken

vaktim kalmadı. Sağlık durumum şu an için normal seyrediyor, ama yakında kötüleşeceğini biliyorum, bu yüzden iş işten geçmeden yine yollara düştüm. Birkaç gün sonra Roma'da olacağım. Geçmişe dönmek beni hem heyecanlandırıyor hem korkutuyor. Boş yere hayale kapılmamayı öğrendim ama içimde bir nebze umut yok desem yalan olur.

Ay sonunda Roma'da olacağım, en büyük isteğim seni son bir kez görebilmek. Bu mektup dışında sana ulaşmamın başka bir yolu yok,sadece ona güveniyorum.Yanıt vermeni beklemiyorum, ama okuman için neler vermezdim.

Ayın 28'inde kapını çalacağım. En büyük isteğim ne biliyor musun, konuşmadan birbirimize gözlerimizin içine bakmamız. Ve zaman yaralarımızı sardıysa bir kucaklaşma yeter bize.

Elsa'n

zorlanıyor, ancak kısa ve kestirme yanıtlar verebiliyor: "Hayır. Neden?.. Şey..."

"Bizden önce burada bir hanım oturuyordu. Yoksa akrabanız mı oluyor?" diye mırıldanıyor Sergio, Elsa'dan ziyade Giovanna'ya bakarak; ama kadın birden canlanıp tepki veriyor: "O nerede?"

"Kim nerede?" diyor Sergio.

"Evin önceki sahibini mi kastediyorsunuz?" diyor Giovanna.

"Evet, o. Ablam."

Sergio şaşkınlıkla, ellerini açarak açıklıyor: "Gördüğünüz gibi... burada oturmuyor artık."

Giovanna da endişeli. Şimdi kadına tarif edilemez bir yakınlık duymaya başlıyor.

"Bilmiyor muydunuz? Anlaşılan uzun zamandır haberleşmiyordunuz."

"Hayır... maalesef hayır. Ama bu... çok uzun bir hikâye..."

Elsa'nın bakışları, acı bir gerçeği ağır ağır kabulleniyormuşçasına pişmanlık dolu.

Giovanna onlara evi satan Adele Conforti'yi gayet iyi hatırlıyor. Yıllarca ailesiyle birlikte o evde yaşamış, kocasının ölümünden sonra kendisine artık fazla büyük gelen evi satmaya karar vermiş. Zaten oğluna da yakın olmak istiyormuş. Çok garip. Elsa, Adele Conforti'ye hiç benzemiyor.

"Saflık işte. Hâlâ burada oturuyordur diye düşünmüştüm... onu bulmayı umuyordum," diyor kısık sesle.

"Demek aslında onu arıyordunuz. Sadece eve bakmak için gelmediniz!"

"Evet, doğru."

"Anlaşılan evi satıp buradan gittiğinden de haberiniz yok..."

"Hayır, bilmiyordum."

Suskunluğunu bozan Elsa, elli yıldır ablasından haber almadığını açıklıyor. Bu sırada, izin isteme gereği duymaksızın evin içinde dolanmaya başlıyor, tavırlarından huzursuz ama öte yandan kararlı olduğu anlaşılıyor. Sanki o evden hiç gitmemiş gibi. Giovanna ve Sergio şaşkın şaşkın peşinden giderken, yatak odasına giriyor, banyoya bakıyor, çalışma odasının kapısını açıyor. Bu arada verdiği rahatsızlıktan ötürü sürekli özür diliyor.

Robot gibi, "Pekâlâ, şimdi gidiyorum," diye tekrarlıyor. "Sizi rahat bırakacağım, merak etmeyin. Geç oldu, gitmem gerek."

Mutfağa döndüklerinde bir kez daha pencereye bakıyor, "Ablamı daha sonra hiç gördünüz mü?" diye soruyor.

"Yakın zamanda değil. En son satış akdi için notere gittiğimizde görmüştük, sonra birkaç kez telefonlaştık. Adına gelen mektuplar vardı, onları biriyle aldırmasını söylemiştim," diyor Giovanna, duyarlı, titiz biri olmanın gururuyla.

"Nerede yaşadığını biliyor musunuz?"

"Şehir dışında, Roma'dan biraz uzakta bir kasabada. Ama dediğim gibi, telefon numarası var bizde."

Hayatının büyük bir kısmını ailesinden uzakta geçiren bu kadın onda sempati ve merhamet uyandırıyor. Kolay olmasa da kendini onu yerine koymaya çalışıyor. Elli yıl sonra evine dönmek ve her şeyi değişmiş bulmakta insanın içine dokunan bir şeyler var. Orada artık iki yabancının oturduğunu, sevdiklerinden hiçbir iz kalmadığını görmek. Elsa kim bilir hangi endişe ve beklentiyle az önce zili çalmıştı. Ve kim bilir kaç kere o ânı gözünde canlandırmıştı. Sonra kapı açıldı ve karşısına bir yabancı, Sergio çıktı. O an belki de ablasının ölmüş olduğunu düşündü.

"Telefon numarasını verebilir misiniz bana?"

Elsa tam soruyu sorduğu anda dış kapının zili çalıyor.

İstanbul, 23 Ekim 1969

Sevgili Adele,

Sana kaç kez yazmak istedim bilemezsin, ama bir şey bana hep engel oldu. Keder olsa gerek. Evet, keder... Her şeyi anlatan, ama hiçbir şeyi tam olarak açıklamayan bir kelime. Keder ve kader kelimelerinin benzerliğini fark ettin mi? Kaderin insanı nereye sürükleyeceğini benim kadar iyi bilen tek kişi sensin. Eğer seviyorsan her şeye hazırlıklı olmalısın. Fırtınaya ve yıldırıma. Yağmura ve kuraklığa. O duygunun seni nasıl tüketeceğini, nerelere sürükleyeceğini tahmin edemezsin. Ve öyle bir an gelir ki mutlulukla umutsuzluğu birbirinden ayırt bile edemezsin çünkü aşkta biri, diğerinin sebebidir.

Ama artık geçmişi düşünmek istemiyorum. Gitmek, benim için dünyanın en yüksek zirvesine tırmanmak gibiydi: Arkamda bıraktığım her şey küçülüp anlamsızlaşırken, gözlerimin önünde sonsuz vaatler sunan bir ufuk uzanıyor. Sen de denemelisin. Aslında acı tam anlamıyla dinmeyip, ruhunun derinliklerinde bir yerlerde gizleniyor ve zamanla içini garip bir meydan okuma duygusu sarıyor. Bugünlerde hissettiğim şey bu. Artık masumiyetimi yitirdim ve her gün daha cesur, daha kurnaz ve gerektiğinde daha acımasız ol-

mak için mücadele ediyorum. Ânın tadını çıkarmaya, yabancılarla dolu yeni çevremde, onların dilini konuşarak yepyeni bir hayat yaşamaya hazırım.

İtiraf edeyim, kolay değil. Bazen şevkim kırılıyor, o zaman da umutsuzluk kaplıyor içimi. Kaybettiklerim geliyor aklıma –kaybettiklerimiz– ve koyuveriyorum kendimi. Yatağa uzanıyorum ve kendimi ölüme bırakmak istiyorum. Sonra toparlanıyorum. Ve umudun içimde yavaş yavaş yeniden yeşerdiğini hissediyorum. Geçmiştekinden daha iyi olmasa da en azından daha farklı bir gelecek için. Gözyaşlarımı silip gülümsemeye zorluyorum kendimi. İşe yarıyor: Ayakta kalmanın en etkili yolunun vurdumduymazlık olduğunu keşfediyorum. Bu yüzden saçmalıklar, flörtler, dedikodularla dolu bir mektuba hazır ol.

Eskiden hikâyelerimi dinleyebilen tek bir kişi vardı. Sen. Çocukken bahçede saatlerce hayal kurardık, hatırlıyor musun? Oysa şimdi sana anlatacak bir dolu şey varken nereden başlayacağımı bilmiyorum.

Belki en iyisi bulunduğum yerden başlamak.

Yaklaşık iki aydır İstanbul'dayım. Bu satırları yazarken, penceremin önünde uçan martıların çığlıkları geliyor kulağıma. Camdan baktığımda, Marmara'nın parlak suları üzerinde süzülüp uçsuz bucaksız metropolün çatılarına doğru kanat çırptıklarını görüyorum. Sokaktan, günlük hayatın cılız sesleri, seyyar satıcıların bağrışları ve araba kornaları duyuluyor. Günbatımında gökyüzü, renkleri sürekli değişen kadife bir örtüyü andırıyor.

İnanabiliyor musun? İstanbul! En çılgın çocukluk düşlerimizde bile hayatın beni böylesi uzak, doğup büyüdüğümüz çevreyle kıyaslanamayacak büyüklükte bir yere götüreceğini hayal edemezdim. Egzotik ve itici bir şehirle karşılaşacağımı düşünüyordum, ama yanılmışım. İstanbul cömertçe kucak açtı bana, kendimi evimde hissettirdi. Bu büyülü, etkileyici şehir beni tam anlamıyla cezbetti.

Geriye dönüp baktığımda, bir sabah, gün ağarırken, hiçbir açıklama yapmadan, kimseye veda etmeden Viterbo'yu terk eden o mahzun genç kızı tanımakta zorlanıyorum. Evi ilk terk edişim değildi, ama bu gidişin diğerlerinden farklı olacağını biliyordum. Bu kez sonsuza dek gitmiş olacaktım. Yürüyerek istasyona vardım ve kuzeye giden ilk trene bindim. Milano'da aktarma yapıp Venedik'e vardım. Venedik İstasyonu'nda gişe memuruna en uzağa giden treni sordum. Memur, "Saat 23.00'te 9 No'lu perondan Doğu Ekspresi kalkacak, son durağı İstanbul, Türkiye," dedi. Sonra bakışlarını kaldırıp ekledi: "Sizin için yeterince uzak mı?" Firari olduğumu düşündü herhalde. Adaletten kaçan, alelacele ülkeyi terk etmeye çalışan bir suçlu. Aslında çok da yanılmıyordu. Gözlerinin içine baktım ve tek yön bilet aldım.

Saat akşam 19.00'du, daha uzun süre bekleyecektim. İstasyonun kafesine gidip peronlara bakan bir masaya oturdum. Trenlerin biri geliyor, biri kalkıyordu. Kimi yolcular banklarda oturuyor, kimileri gidecekleri yerin düşüncesiyle ağır bavullarını sürükleyerek acele adımlarla yürüyordu. Kafede birçoğu kahvesini ayakta içiyor, bitirir bitirmez koşturuyordu. Benim dışımda, kafenin açık alanında telaşsızca oturan tek kişi vardı. Bakışları hüzün dolu zarif bir kadın. Sigarasını, bir ucu yüzük gibi parmağa geçirilen halka, diğer ucu minik pens şeklinde altın rengi ince ağızlıktan içiyordu. Gülümsedi ve saati sordu. Sohbet etmek için bahaneydi, belli.

Doğu Ekspresi'ni beklediğini söyledi. Aynı trenle İstanbul'a gideceğimizi öğrendiğinde garip bir tebessüm belirdi yüzünde. İstanbullu olduğunu söyledi. Ardından bir arkadaşını beklediğini ekledi, ama gelip gelmeyeceğinden emin değildi.

"Kader bazen bizi kararsız bir sevgili gibi diken üstünde tutmayı sever. Gelgelelim bekleyiş kavuşmadan daha güzel olabilir: Yeter ki umudu canlı tutmayı bilelim," dedi gizemle.

Kahvelerimizi içerken birkaç dakika suskun kaldık, sonra ben sormadan akıl almaz hikâyesini anlattı. Gençliğinde son Osmanlı padişahının, imparatorluğun çöküşüyle birlikte kapanan hareminde yaşamış. Özgürlük, çoğu kader arkadaşına zorluklarla dolu bir hayata mahkûmiyet gibi gelmiş. Anlaması zor olsa da, efendilerinin arzularının esiri olan cariyelerin küçük dünyalarında bazı ayrıcalıkları ve sefa sürdükleri bir yaşantıları varmış. Ama o, hayatının aşkını kaybetmesine karşın özgürlüğü kurtuluş olarak görmüş. Kaçmış ve hiç huzur bulamadan bütün Avrupa'yı dolaşmış. Tüm anlattığı buydu. Boş yere beklediği arkadaşının, yitirdiği aşkı olduğunu düşündüm. Sonra birden sözü bana getirdi ve neden kaçtığımı sordu. Kendimi foyam meydana çıkmış gibi hissettim. Hakkımda ne biliyor olabilirdi ki bu kadın? Sırrımızı bilmesi mümkün müydü? Paniğe kapılacak gibi oldum, ama sonra hemen toparladım kendimi. Şaka yapıyordu sadece. İtiraf edeyim, bir anlığına her şeyi en ince ayrıntısına kadar anlatmamak için kendimi zor tuttum.

Hareket saati gelmişti, trenin hangi perondan kalkacağını öğrenmek için masadan kalktım. Döndüğümde yerinde değildi. Etrafa bakındım, ama ardında hiçbir iz bırakmadan, sihirli değnek değmişçesine buharlaşıp yok olmuştu. Bavullarımı aldım, mantomu giyerken elim cebimdeki bir şeye değdi. İnce, metal bir nesneydi. Elimi merakla cebimden çıkarıp baktım: Avucumun içinde, yüzük şeklindeki o garip sigara ağızlığı vardı.

Bunu sana neden anlatıyorum bilmiyorum. Kadının gözlerinde kendi hüznümü gördüğüm için belki. Ya da bizim hüznümüzü...

Elsa'n

Kaç yıldır tanışıyorlar Annamaria, Leonardo, Giulio ve Elena'yla? Sergio hatırlamıyor bile. Ama Giovanna kesin biliyordur. O hayatını her yönüyle kontrol etmeyi sever. Ergenlik yıllarından beri günlük tutuyor. Kendi kendine oynadığı bir oyun bu. Sergio bu alışkanlığından haberdar, ama karısı bu konuda konuşmayı pek sevmiyor. Aslında tam günlük de değil. Kapağı kırmızı naylon kaplı bir deftere yazıyor: Son sayfaya geldiğinde aynısından yeni bir tane alıyor. Sergio karısının defterleri nerede sakladığını biliyor: Salondaki sandıkta. Birkaç kez yazdıklarına göz atmak istediyse de vazgeçti. Bir şey onu hep durdurdu. Giovanna'nın mahremine saygı ve belki de bazı şeyleri bilmemenin daha iyi olacağı düşüncesi. Herkesin sırlarını saklamaya hakkı var, Giovanna gibi sırrı yokmuş gibi görünen birinin bile. En azından Sergio öyle düşünüyor.

"Hey, neyin var Sergio? Hayalet mi gördün?" diyor Leonardo kapıdan girerken. Onun bu yerli yersiz esprileri çoğu kez pot kırmasına neden olur. Tıpkı şimdi olduğu gibi. Nitekim Elsa üstüne alınıyor.

"Doğru, hayalet de benim," diyor muzip bir gülümsemeyle elini uzatırken. "Elsa Corti."

Leonardo, kafası karışsa da belli etmemeye çalışıyor. Özgüvenli, çok çekici, esprili bir erkek. Siyah saçları hep dağınık, gözleri koyu renk, kirpikleri gür ve uzun. En baştan çıkarıcı gülümsemesiyle kadınla tokalaşıyor. "Memnun oldum. Leonardo." Bu arada Sergio'ya meraklı bir bakış atıyor: Kim bu kadın? Ama arkadaşı fırınla meşgul, onlarla ilgilenmiyor.

Giovanna diğer misafirleri karşılamak için kapının önüne çıkıyor, Giulio, Elena ve Annamaria arkadan geliyorlar. Yedi aylık hamile kadının beş kat merdiven çıkması hiç kolay değil. Leonardo'nun hamile karısına karşı daha ilgili olması gerek, diye düşünüyor Giovanna. Bir eş ve özellikle de baba adayı olarak Leonardo'dan ilk kez kuşku duyuşu değil bu. Çocuk sahibi olmak bütün çiftler için ciddi bir sınav, ama bu sınav bu ikili için daha zorlu geçeceğe benziyor. Üzüntü kaplıyor içini. Arkadaşının hamileliğini her düşündüğünde bu hisse kapılıyor zaten. Anne olmayı planlamasa da kıskanmadan edemiyor.

"İşte geldik, yorgunluktan ve açlıktan ölüyoruz, ona göre!" diyor Elena, hemen arkasında Annamaria beliriyor, nefes nefese ve yüzü kıpkırmızı. En geriden de elinde bir şişe şarapla Giulio geliyor.

Ayaküstü öpüşmeler ve hoşbeşten sonra Annamaria'nın oturmak için bir sandalye çektiğini gören Giovanna ona bir bardak su doldururken, misafirler içerideki yabancıyı fark ediyorlar. Mutfağın bir köşesinde oturan Elsa onlara anlaşılmaz bir ifadeyle bakıyor.

"Elsa Corti..." diye tanıtıyor Sergio, kısa bir sessizliğin ardından, biraz resmî bir tonla. Bu arada Giovanna tek kelime etmeden sofraya bir tabak daha koyuyor: Kadından kolay kolay kurtulamayacaklarını hissediyor ve açıkçası bundan hiç de şikâyetçi değil. Hem Elsa arkadaşlarının da ilgisini çekmiş gibi. Diğerlerinden farklı bir pazar yemeği olacağı kesin.

Sergio, Giulio'nun getirdiği şarabı açıp doldurduğu kadehi yabancı konuğa uzatıyor.

"Teşekkür ederim, bugün içmesem daha iyi."

Annamaria hayran hayran kadının küpelerine bakıyor. "Çok güzeller," diyor. "Antika gibi duruyorlar. Aile yadigârı mı? Nereden aldınız?"

"Çok uzaklardan," diye yanıtlıyor Elsa gülümseyerek.

"Biraz önce bize Roma'dan elli yıl önce ayrıldığınızı söylediniz, diye lafa giriyor Giovanna. "Bunca yıl neredeydiniz? Mücevherlerinizi aldığınız yerde mi?"

"Zeki bir kızsın canım. Dedektif olmalısın," diye espriyle yanıtlıyor kadın.

Çantasını kucağına alıp içinde bir şey arıyor. Ve işlemeli bir cüzdan, siyah dantel bir yelpaze, bir dolmakalem, bir el kremi, küçük bir mezura, bir paket şeker ve sarı kurdeleyle bağlı bir mektup tomarını bir bir çıkardıktan sonra nihayet üstünde pembe yazılar olan küçük beyaz bir kutu buluyor. Çıkardıklarını tekrar çantaya tıkıştırıyor ve kutudan çıkardığı büyükçe bir hapı suyla yutuyor.

"İnsan bir yaşa gelince yemekten çok ilaçla besleniyor!" diyor kendini mazur göstermek istermiş gibi.

"Sormayın! Jinekoloğum hamileliğin başından besin takviyesi diye tutturdu. Haplar, ampuller... sanki hastayım. Sanki çocuk doğurmak dünyanın en doğal şeyi değilmiş gibi," diye hayıflanıyor Annamaria kadınla empati kurarak.

Sergio atıştırmalıkları sofraya koymakla meşgul: peynirler, turşular ve jambon. Hamileyken çiğ et yemesi sakıncalı olan Annamaria içinse sebze haşladı ve taze şamfıstığı kavurdu.

Elsa fıstık kabuklarını hızla soyarken, "Şamfıstığı harika bir çerez değil mi?" diyor. "Özellikle Siirt fıstığı... Onların içi diğerlerinden çok daha lezzetli."

Annamaria, "Siirt mi? Hiç duymadım bu ismi. Bir yer adı mı?" diye soruyor.

"Bir şehir, evet."

Giovanna araya giriyor: "Nerede peki?"

Ama kadın onu dinlemiyor sanki.

Giovanna kararsız. Beklenmedik misafir hakkında daha çok şey öğrenmek istiyor ama ısrarcı olmaya da çekiniyor: Elsa'nın zor durumda olduğu belli. Az önce ilaç içti, belki hastadır. Aklı gidip geliyor ya da sinirleri zayıf olabilir.

Sergio kaynaması için ocağa koyduğu suyu kontrol ederken sesleniyor: "Giovanna, bir şişe şarap daha getirir misin?"

Giulio yanına geliyor. Mutfağın kuytu bir köşesine çekilip alçak sesle konuşuyor:

"Mektupları gördün mü?"

"Hangi mektupları?

"Çantasındakiler. İlacını ararken çıkardı. Görmedin mi? Kurdeleyle bağlamış..."

"Ha, onlar." Giovanna aslında pek dikkat etmemişti.

"Bayağı eskiler, yıllar öncesine aitler belli ki. Ama sanki hiç açılmamışlar gibi."

Bir lisede İngilizce öğretmeni olan ve filateliye ilgi duyan Giulio, mektupların nereden postalandığını anlayabilmek için pullara göz atmış.

"Görünen o ki İtalya'dan gönderilmemişler. Kim bilir kime aitler..."

"Mektuplar kime ait diye soruyorsanız söyleyebilirim," diyor Elsa, son derece kararlı bir sesle. "Bana ait. Sadece ve sadece bana..."

Giulio elinde olmadan utanıyor.

İflah olmaz bir romantik olan Annamaria, "Reddettiğiniz bir âşık mı gönderdi yoksa," diyerek ortamı yumuşatmaya çalışıyor. "Bu yüzden mi açmadınız?"

"Yok canım, ne âşığı! Mektuplar benim, hepsini ablama yazdım. Onları bu adrese postalamıştım. Ama o hiçbirini okumadı. Açmadan geri gönderdi."

Konuşurken bir yandan mektupları çantasından çıkarıp masanın köşesine koyuyor. Birkaç saniye kimse ne diyeceğini bilmiyor.

"Neden?" diye soruyor sonra Leonardo. "Neden hiç açmadı onları?"

"Bunu ona sormanız gerek."

"Emin misiniz? Belki de bizzat siz sormalısınız," diyor Elena.

Giulio merak ediyor: "Kaç yıldır görüşmüyorsunuz?"

Elsa fazla düşünmeden, sanki Adele'den ayrıldığından beri sadece geçen zamanın çetelesini tutmuş gibi, kendinden emin yanıtlıyor: "Elli yıl, bir ay ve bir gün. Siz de tanıyor musunuz onu?"

"Kimi?" diye soruyor Annamaria. Hamile kaldığı günden beri kendi dünyasında yaşıyor sanki.

"Ablamı! Siz de tanıyor musunuz? Yakın zamanda gördünüz mü onu?"

"Daha önce söylediğim gibi sadece ikimiz, Sergio'yla ben tanıştık onunla... Evi satın aldığımızda, iki yıl önce," diye tekrarlıyor Giovanna kelimelerin üstüne basarak. Belki de Elsa'nın bir hafıza problemi var. "Çok nazik ve sessiz bir hanımefendi. Sonra birkaç kere telefonla aradım onu, gelen faturaları bildirmek için..."

"Demek telefonu var sizde! Rica etsem arayıp ona burada olduğumu söyler misiniz? Size çok minnettar kalırım," diye umutla soruyor Elsa. Sesinde bir nebze sabırsızlık da gizli.

"Telefonu var tabii ki, ama sizin aramanız daha doğru olmaz mı?" diye öneriyor Sergio.

"Hayır. Bana yanıt vermez."

Elena merakla soruyor: "Numaranızı görürse açmaz mı?"

"Numaram onda yok... Senelerdir görüşmüyoruz dedim ya! Hem şimdi konuşmaya hazır değilim. Henüz değil... Ama siz ararsanız... bana büyük bir hediye vermiş olursunuz! Nasıl mutlu olurum bilemezsiniz."

Sergio ve Giovanna birbirlerine bakıyorlar: Bir telefon etseler ne kaybederler ki? Kadının acı çektiği belli; onu mutlu etmek insani bir davranış.

Bu sırada tedirgin tavırlarla ayağa kalkan Elsa, banyonun yerini soruyor. Giovanna da ayaklanıyor. Signora Conforti'nin telefon numarası... yatak odasındaki komodinin çekmecesinde olacak, eski bir telefon defterine yazmıştı.

Elinde defterle mutfağa girdiğinde, alışılageldik sohbetin yerine garip bir sessizlikle karşılaşıyor. Herkes, sofraya oturmak yerine yine pencerenin önüne gidip gözlerini boşluğa diken Elsa'yı incelemekte. Hemen arkasında duran Giovanna da dikkatle bakınıyor; avluya, karşı apartmanın pencerelerine, uzak binaların çatılarına, bir bahçe duvarının gerisinden fışkıran manolyaya ve gökyüzüne... Ama belki de gözden kaçırdığı bir şey var... Tuhaf misafirlerini adeta mıknatıs gibi çeken bir şey.

Sergio bolonez sosu hazırladı, makarnayı kaynayan suya atmak üzere.

"Bir-iki dakikaya hazır!" diyor.

Ama kimsenin ona kulak astığı yok: Bir an önce o telefon edilmeli. Elsa çok kaygılı, isteğini yerine getirmemek acımasızca olur.

Herkesin heyecan dolu bakışları altında, Giovanna telefonun tuşlarına basıyor. Kısa bir sessizlikten sonra, hattın öbür ucundaki Adele Conforti, sanki aranmayı bekliyormuş gibi, ilk çalışta açıyor telefonu. Giovanna durumu temkinli biçimde açıklıyor; nasıl tepki vereceği konusunda endişeli: Az önce evlerine Elsa Corti adında bir hanımın geldiğini anlatıyor: "Kardeşiniz olduğunu söyledi ve sizi sordu." Karşı tarafta sessizlik. Belki hat düştü.

"Alo? Beni duyuyor musunuz?"

Hırıltılı bir öksürük, karşı tarafın hâlâ hatta olduğunu açıklıyor.

"Sizi rahatsız etmek istemezdik... ama şey..." Giovanna kısık sesle konuşuyor, "kendisi biraz huzursuz sanki, dalgın bir hali var, karmaşık cevaplar veriyor... Ve sürekli pencereden bakıyor, dışarıda bir şey arar gibi," ve nedenini bilmeden ekliyor, "ya da birini."

"Pencere mi?" diye soruyor sonunda Adele. Sesi boğuk çıkıyor. "Başka bir şey söyledi mi size?" Sesi şimdi telaşlı.

"Hayır sadece tek bir şey istedi: Sizi aramamızı. Sanırım sizinle konuşmak istiyor."

"Pekâlâ," diyor Adele Conforti, derin bir nefesin ardından. "Kendisine bir saat, en geç bir buçuk saat sonra orada olacağımı söyleyin. Arabayla ancak gelirim." Kesik kesik sesinde telaş, endişe hatta korku seziliyor.

Giovanna'nın şaşkınlığı giderek artıyor. "Yani gerçekten kardeşiniz mi?" diye soruyor. Daha farklı bir tepki beklerdi. Sözgelimi şaşırabilir, bunu dile getirebilirdi. Ama aynı zamanda şefkat hissiyle duygulanmasını ve sevinmesini de beklerdi.

"Evet, kendisi kardeşim olur." Adele'nin sesi yeniden canlandı. Uzun uzun özür dileyip teşekkür ediyor. Ardından daha resmî bir üslup takınıp, Giovanna ve eşini istemeden aile meselelerine karıştırmış olmaktan duyduğu üzüntüyü ifade ediyor. Telefonu kapatmadan, bir an önce gelip kardeşini alacağını söylüyor.

İstanbul, 14 Kasım 1969

Sevgili Adele,

Evden gideli üç ay oldu ama yıllar geçti sanki. Hatta yüzyıllar.

Tren yolculuğunu hayal meyal hatırlıyorum, sanki kendimde değil gibiydim. Kafamın içinde binlerce kuşku dönüp duruyordu, yaptıklarım gözlerimin önünden gitmiyordu ve beni neyin beklediğini bilememenin ağırlığı altında ezildiğimi hissediyordum. Ahşap, ipek ve kadife kaplı lüks kompartımanı, koltuğun yumuşaklığını, bakmaktan kaçındığım varak çerçeveli aynayı hatırlıyorum. Camdan hızla akıp geçen manzaraya bakıyordum, geride bıraktığım geçmişimdi. Bir ara gülüşmeler duyunca koridora çıktım: Trenin son vagonuna doğru ilerleyen şık giyimli kadınlar ve erkeklerle doluydu. Merakla onların peşine takıldım ve kendimi trenin şık restoranında buldum. Masalar gümüş ve ince porselen servis takımlarıyla kurulmuştu. Gerçi Doğu Ekspresi'nin dünyanın en lüks trenlerinden biri olduğunu biliyordum ama yine de bilinmeze doğru hızla yol alan konvoydaki bu görkem beni büyüledi. Ama yanıma bir garson gelince korkuya yenik düşüp gerisingeri dönmekten kendimi alamadım. Birden kendimi huzursuz hisset-

miştim çünkü: Sanki tüm gözler benim üzerimdeydi. Tekrar kompartımana sığındım ve bir daha çıkmadım.

İstanbul'a vardığımda içim paramparçaydı. Yorgundum, trendeki her türlü konfora rağmen yol boyu neredeyse hiç uyumamış ve çok ürkmüştüm. Nereye gideceğimi bilmiyordum. Yüreğimdeki dayanılmaz ağırlık yetmezmiş gibi, bavulumu da sürüyerek Sirkeci Garı'ndan çıktım. Bavulumu taşımayı teklif etmek için yanıma yanaşan hamalı çalar korkusuyla nazikçe reddettim. Bitkin haldeydim. Saat sabahın 08.00'iydi ve havada sesler, anlaşılmaz haykırışlar yankılanıyor, burnuma baharat kokuları geliyordu. Karşımdaki yol karmakarışıktı; insan ve çeşit çeşit araç, araba, bisiklet, kamyonet kaynıyordu. Evden ayrılmakla büyük bir hata yaptığım hissi her adımda biraz daha içimi acıtıyordu. Soğuk, mutsuzluk ve moral bozukluğuyla her yanım titriyordu.

Bin bir zorlukla, dura yürüye karşıdan karşıya geçtikten sonra bir süre günbatımı yönünde yürüdüm ve gördüğüm ilk otele girdim. Boğaz manzaralı lüks bir oda tuttum. Sana oradan yazıyorum. İzmir Hotel, bir dönemin gözdesi eski bir otel. Şimdilerde daha çok, eşantiyon mallarıyla Türkiye'nin ücra köşelerinden gelen satış temsilcilerini ağırlıyor. Geçen gün lobide, etekleri yere kadar uzun koyu renk kürk giymiş bir adamla karşılaştım. Başında kalpak, boynunda mavi, yeşil ve mercan rengi taşlarla süslü bir madalyon, beraberinde bir bavul dolusu halı ve gitara benzeyen garip bir telli çalgı vardı. Yanından geçerken yanlışlıkla çarpmamla göz göze geldik. Gözleri sürmeliymiş gibi simsiyah ve büyüleyiciydi. İçimi okuyor gibiydi. İstemeden ürperdim. Son zamanlarda sanki herkesin bakışları benim üzerimde. Her şeyi biliyor gibiler.

İzmir Hotel'in merdivenleri biraz dik ve asansör yok, ama binanın, kahvaltının servis edildiği son katında manzara müthiş. Sanırım özleyeceğim.

Çünkü bugün ayrılıyorum otelden. Yeniden bavul yapıp kominin aşağı taşıması için kapının kenarına koydum. Beyoğlu semtine, arkadaşım Dario'nun bulduğu bir yere geçiyorum. Ona göre İzmir Hotel tam döküntü, ama ben aynı görüşte değilim. Ancak kabul etmem gerek ki uzun süre otelde kalmak, tükenmek üzere olan bütçeme hiç de uygun değil. Dario ayrıca, istasyon çevresinin benim gibi iyi aile kızları için pek tekin olmadığını da söylüyor. Söylerken de gözünü kırpıyor. Ciddi mi yoksa alay mı ediyor bilmiyorum. Bu yüzden yorum yapmaktan kaçınıyorum. Ahlaklı bir genç kadın olmadığımın bilincindeyim ama o nereden biliyor? Bazen, ona anlattıklarımdan çok daha fazlasını seziyor gibi gelse de beni yargıladığını sanmıyorum. O halde benim de yargılamam için bir sebep var mı?

İşte söyledim. Bir özür mektubu bekliyorsan hayal kırıklığına uğrayacaksın. Sana yaptıklarımdan ötürü kendimi affettiğimi söylemiyorum. Ama yaşananların tek suçlusu ben değilim. Aramızdaki tek fark, en azından gördüğüm kadarıyla, senin sanki hiçbir şey olmamış gibi hayatına devam etmen.

Peki bunu gerçekten başarabiliyor musun? İçinde sakladığın acıyı bir tek ben bilirim. Birbirimizden hiçbir şey saklamayacağımıza söz vermiştik, hatırlasana...

Söylediğim gibi, param tükenmek üzere, ama endişelenme. Şansıma, Dario çok iyi bir dost. Bana destek oluyor: güvenebileceğim biri. İnanmayacaksın ama Roma'dan tanıdığım eski bir arkadaş. Lafın gelişi eski. Belki sana bahsetmişimdir ondan, kız kardeşi iş arkadaşımdı. Dario, Dışişleri'nde çalışıyordu, sonra İstanbul'a, İtalyan Konsolosluğu kültür ataşesi olarak atandı. Onu bir daha göremem sanıyordum, ama işte... Venedik İstasyonu'ndaki gişe memuru İstanbul deyince hemen o geldi aklıma.

Nerede çalıştığını bildiğim için onu bulmak zor olmadı. Ona da sık sık söylediğim gibi, hayatımı kurtardı, saye-

sinde her şey kolaylaştı. Bir yıldır bu şehirde, ama artık buralı olmuş gibi. Beni İtalyan topluluğuyla tanıştırdı ve hayatın tadını çıkaran bir sürü insan tanıdım. İnanır mısın, buradaki insanlar eğlenmeyi biliyor.

Dario, kendine refakatçi arayan zengin bir dul kadının villasına yerleştirdi beni. Ev çok güzel, geniş bir bahçesi var. İtalyan Konsolosluğu da iki adım ötede. Geçici olarak tabii. Şakayla karışık, zengin birini bulup evlenmemi söylüyor sürekli. Güzelliğimle, çok zengin, aynı zamanda yakışıklı ve açık görüşlü erkeklerin dikkatini çekebileceğimi söylüyor. Çünkü burada yabancı kadınlara, aşırı rahat tavırlarından dolayı kuşkuyla bakılıyor. Burada iyi aile kızları evlenene kadar bekâretlerini koruyorlar. İyi aile erkekleri de bu kurallara uymaya dikkat ediyor. Hem boş zamanlarında geneleve gidiyorlar hem de iffetli genç kızları baştan çıkarmayı seviyorlar, sonra onları kötü yola düşmüş kadınlar gibi görseler de. Ne çelişki ama... Bakire olmayan biriyle evlenmeyi düşünmek onlar için imkânsız gibi bir şey. Gerçi İtalya'da da durum pek farklı değil ya...

Bu konulardan böyle açık açık bahsetmeme şaşırdın mı? Bir an evvel alışsan iyi edersin. İstanbul'da bir yabancı olarak yaşamak beni cesur ve yüzsüz yaptı. Kaldı ki madem herkes beni böyle görüyor en iyisi kimseyi hayal kırıklığına uğratmamak. Yeni bir hayata başlıyorum. Öyleyse kendimi seçmekte de özgürüm. Hatta tanıdığından çok farklı bir kadına dönüşmek üzereyim. Gölgem bile değişti desem inanır mısın? Yolda yürürken gözucuyla, kaldırımda peşim sıra geldiğini gördüğüm o karaltı eskisinden o kadar farklı ki, en cüretkâr hayallerimin de ötesinde bambaşka birine ait gibi.

Sigaraya da başladım biliyor musun? Şık bir gümüş tabakaya koyduğum filtresiz Bafra sigarası içiyorum. Sigarayı yavaşça ağzıma götürmek, sonra da parmaklarımın arasında kibarca tuttuğum ağızlıktan dumanı yavan ya-

vaş çekmek hoşuma gidiyor: Kendimi biraz Greta Garbo, biraz da Marlene Dietrich gibi hissettiriyor. Beni yolda görsen büyük ihtimalle tanımazsın.

Sana anlatacak çok şeyim var, ama şimdi gitmeliyim. Dario beni lobide bekliyordur. Beni yeni evime götürecek, sonra da birlikte dışarı çıkacağız. Bu akşam Hilton Oteli'nde bir partiye davetliyiz. Tanınmış bir işadamının nişan törenine. Şampanyanın su gibi aktığı görkemli bir davet olacak ki, ithal ürünlerin devlet tarafından kontrol edildiği, bulunmaları zor ve çok pahalı oldukları Türkiye için bu büyük bir olay. Parti sahibinin şehrin tüm kaynaklarını kuruttuğu dedikodusu dolaşıyor.

Bence sen de eğlenmene bak. Ara sıra da olsa...

Kardeşin

"Enrico'yla Lorenza'yı duydunuz mu?" diye soruyor Elena odadaki gergin havayı yumuşatmak istercesine.

"Tekrar birlikte olmalarının dışında ne yenilik var?" diyor Giovanna.

"Evet, yine birlikteler ama esas hikâye başka..." Elena paylaşmaya can attığı bir dedikodu biliyor gibi. "Lorenza bir yıl önce evden gittiğinde, Enrico'ya onu bir başkası için terk etmediğine yemin etmişti, hatırlıyor musunuz? Düşünmek için biraz zamana ihtiyacı olduğunu, kendisini yeniden özgür hissetmek istediğini falan söylemişti. Enrico da, köpek gibi acı çekmesine rağmen er geç ona döner umuduyla bu isteğini anlayışla karşılamıştı."

"Nitekim döndü de," diyor Annamaria.

Elena devam ediyor: "Evet, döndü. Enrico mutluluktan havalara uçuyor, hele çocuğa kavuştuğu için çıldırdı. Neyse, geçen hafta üçü birlikte denize gitmiş ve harika bir gün geçirmişler, sonra akşam Enrico arabanın anahtarını aramak için Lorenza'nın çantasını açınca ne bulmuş dersiniz?.. Bir paket prezervatif."

"Gerçekten mi?" Sergio eğlenmiş gibi.

"Evet! Dün Elena anlattığında dondum kaldım. Ondan hiç beklemezdim," diyor Giulio.

Annamaria, "Enrico ne yapmış peki?" diye soruyor.

Elena'nın yanıtı, "Şimdilik hiçbir şey. Henüz kararını vermedi, ama bana kalırsa onu bırakmaz," oluyor.

Giovanna içerliyor: "Ama Lorenza ona yalan söyledi ve ihanet etti!"

"Enrico zayıf biri," diye yorumluyor Leonardo.

"Neden zayıf olsun?" Konuşan Elsa. Aralarında sohbete dalınca onu unuttular. "Lorenza'yla mutlu mu? O halde sımsıkı sarılsın ona! Kadın yalan söylediyse ne çıkar? Hayatta esas olan şeyler başka. Eninde sonunda hepimizin ihtiyacı olan tek şey mutluluk, öyle değil mi?"

Odaya garip, mahrem ve neredeyse rahatlatıcı bir sessizlik çöküyor. Elsa söyledikleriyle onları varoluşun gerçek değerleri üzerine yeniden düşünmeye itiyor sanki. Sözlerine devam ediyor: "Alelade bir yemek bile insanı mutlu etmeye, şımartmaya yeter. Sözgelimi şu patlıcanlar..." Giovanna'nın masanın ortasına koyduğu tabakta, biberlerin arasında duran açık mor renk iki sebzeyi işaret ediyor. "Fena değiller ama ben daha uzun, iri ve koyu renk olanlarını tercih ediyorum. Kuzu soteyle yediniz mi hiç onları? Ben eti kısık ateşte soğan ve domatesle pişirirken fırında közlüyorum patlıcanları. Piştiklerinde kabuklarını soyup eziyorum ve bir tutam tarçın atıp hazırladığım beşamel sosuyla karıştırıyorum. Son olarak da üzerine etleri yerleştiriyorum." Ses tonu öyle coşkulu ki odadakiler onun sanki başka biriyle konuştuğu hissine kapılıyor. Sadece anılarında var olan biriyle. Çok lezzetlidir! Ne de olsa hünkârın damak zevki, adı üstünde: Hünkârbeğendi!" diye tamamlıyor sözlerini.

"Hünkâr? Yemeğin adı mı bu? Bir Ortadoğu yemeği mi?" diye atılıyor Giulio.

"Evet, leziz bir yemektir: Sultanın bir kadının kalbini fethetmesi için saray aşçıları tarafından yapılmış!" diyor gülümseyerek.

Annamaria ve Giulio daha çok şey öğrenmek istiyor, Elsa da onları merakta bırakmıyor.

"Rivayete göre Sultan Abdülaziz, III. Napoléon'un eşi İmparatoriçe Eugénie Bonaparte'ın ziyareti nedeniyle bu yemeği hazırlatmış," diyor masal anlatır gibi. "İmparatoriçeyle, uluslararası bir sergi açılışı için gittiği Paris'te tanışmış ve galiba aralarında hemen bir elektriklenme olmuş. İki yıl sonra Eugénie tek başına Süveyş Kanalı'nın açılışına giderken, Abdülaziz onu İstanbul'a davet etmiş. Ve yine rivayete göre konuğunu layıkıyla ağırlayabilmek için Boğaz'ın Asya kıyısındaki otuz bir odalı, küçük ama görkemli Beylerbeyi Sarayı'nda yeni düzenlemeler yaptırmış. Saray bandosu hızlanmaları için sürekli çalarken, onlarca işçi gece gündüz çalışmış. İmparatoriçe geldiğinde Abdülaziz onun onuruna bir davet vermiş ve ana yemek hünkârbeğendiymiş. O gece imparatoriçe sultanın odasında kalmış ve bu durum sarayda büyük skandala yol açmış, valide sultanı da çok kızdırmış. Ama ikilinin beraberliği kadın Mısır'a gidene kadar sürmüş."

Elsa susuyor. Ne çekici biri, diye düşünüyor Giovanna. Kim bilir daha ne hikâyeler biliyordur, dünyayı dolaşmış olmalı.

Leonardo, "Sergio, makarna hazır mı? Elsa Hanım'ın hikâyelerinden sonra biz de hünkâr gibi beğenelim bakalım," diyor espriyle.

Giulio, "Fırın kaç dereceye ayarlanmalı?" diye soruyor. Ama Elsa'dan yanıt yok. Kim bilir hangi düşüncelere daldı.

Ocağın başına geçen Sergio, "Kadıncağızı rahat bırakın," diye fısıldıyor. Özenle hazırladığı makarnanın onu kendine getireceğinde emin.

Elena kadehlere şarap doldururken, "Tutku gerçekten öngörülemez bir ruh hali. Günümüzde hâlâ aşk acısı çekenler olduğuna inanabiliyor musunuz?" diye soruyor.

Onunkisi retorik bir soru değil. Ortamı biraz yumuşatma umuduyla, dahiliyeci olarak çalıştığı hastanede birkaç gün önce yaşanan bir olayı anlatıyor. Bir adam, göğsünde hissettiği enfarktüse benzer bir ağrı şikâyetiyle acil servise gelmiş. Hasta kabul birimi, vakayı mavi kod olarak sınıflandırmış. Ama daha tahlillere başlamadan, birkaç saat önce aralarında şiddetli bir kavga yaşandığını açıklayan genç ve yakışıklı sevgilisinin çıkagelmesiyle belirtiler ânında yok olmuş. Yapılan kontroller sonucu adamın turp gibi sağlam olduğu anlaşılmış.

Elena teatral bir tavırla, "Anlayacağınız klasik bir kırık kalp vakası, Allahtan ilacı hemen geldi," sözleriyle bitiriyor hikâyesini. Her fırsatta anlatmaya bayıldığı, kimi acıklı kimi komik sayısız hikâyesi vardır. Ama dinlemekten herkes aynı şekilde hoşlanmaz. Örneğin Leonardo hikâyelerin gerçekliği konusundaki kuşkularını dile getirme fırsatını hiç kaçırmaz.

"Doğru söyle, hepsini uydurdun değil mi? Palavracı seni!"

"Hiç de değil. Tanıdığım en dürüst insan o! Hem niye palavra atsın ki: Gerçeklerin kimi zaman hayalin de ötesine geçtiğini gayet iyi biliyor olmalısın," diye müdahale ediyor Sergio, Elena'yı korumaya hazır.

Giulio atılıyor, "Ben de ona inanıyorum."

"Sen sayılmazsın, tarafsın: Onun kocasısın," diyor Leonardo gözünü kırparak.

Elena memnun bir ifadeyle izliyor onları: Her iyi hikâye anlatıcısı gibi, anlattıklarının gerçek mi yoksa kurgu mu olduğunun anlaşılamaması gizliden gizliye hoşuna gidiyor.

Sergio soruyor: "Daha isteyen var mı?"

Annamaria, Elsa'ya dönüyor. Ama bir şey onu rahatsız ediyor. Hayret, tabağına hiç dokunmamış. Başı hafifçe sandalyenin sırt kısmına düşmüş, boş gözlerle tabağa bakıyor. Annamaria sesleniyor, ama kadın cevap vermiyor. Elsa'nın duruşunda kesinlikle bir gariplik var. Bir kolu kucağında, diğeri boşlukta hareketsiz.

Annamaria tekrar sesleniyor. Birdenbire, içini saran bir panikle sesini yükseltiyor. İçgüdüsel olarak elini karnına koyuyor. Karnındaki bebek hareket ettiğinde rahatlıyor.

Artık diğerleri de bir şeylerin yolunda gitmediğinin farkında. Elena yaklaşıp Elsa'yı dürtüyor ama kadında tepki yok. Bileğinden nabzını kontrol ediyor. Herkes suskun. Birkaç saniye sonra çaresizce başını sallıyor. Yüzünde şaşkınlık ve üzüntü, tek tek arkadaşlarına bakıyor: "Ölmüş."

İstanbul, 1 Ocak 1970

Sevgili Adele,

Titrek yazım için özür dilerim, ama yeni yıl kutlamasında içkiyi biraz fazla kaçırmışım ve şimdi şiddetli bir migren ağrısıyla boğuşuyorum. Geçen mektubumda sana bir nişan töreninden söz etmiştim, hatırlıyor musun? İşte o davette Ender'le tanıştım. Çok zengin ve nüfuzlu bir adam ve o geceden beri bana kur yapıyor. Hayranlarım –övünmek gibi olmasın ama çok sayıdalar– arasında en genç ve yakışıklısı değil ama, en inatçısı o. Tam adı Ender Şahin, kahve tüccarı ve sık sık seyahat ediyor, özellikle Brezilya'ya. 1970'e hoş geldin partisini dün gece o verdi. Yılbaşı burada, hani bizim Noel geleneğimizle karşılaştırdığımızda bile, gerçekten abartılı şekilde kutlanıyor. Yeni yıl öncesi İstanbul'un her tarafında ağaçlara şık süslemeler asılıyor, sokaklar taklarla donatılıyor. Gerçek anlamda görsel bir şölen.

Konuklar arasında tabii ki Dario da vardı. Tanışmamız onun marifeti mi –yoksa suçu mu– henüz karar veremedim. Ben onur konuğuydum.

Ender davet için, Agatha Christie'nin 1930'lu yılların başında konakladığı ve en ünlü polisiye romanlarından Doğu Ekspresi'nde Cinayet*'i yazdığı Pera Palas'ın en gör-*

kemli salonlarından birini tutmuş. Okumuş muydun o romanı? Ben okudum. Büyüleyici bir hikâye. Agatha Christie 411 No'lu odada kalmış, Ender de gece yarısından önce elimden tutup beni oraya götürdü. Sırf bana göstermek için odayı bir geceliğine tutmuştu. Partiden sıvışıp bu ihtişamlı otelin merdivenleri ve koridorlarında koştuk. Ender odanın, o günkü hali hiç değiştirilmeden günümüze kadar muhafaza edildiğini söyledi. Bir müzeye dönüştürmek istiyorlar sanırım. İçeri girdiğimizde sanki onu hâlâ orada, kitabını yazarken bulacağımı sandım. İnanılmaz bir şey, küçük yazı masasının üstünde daktilosu ya da çok benzer bir kopyası hâlâ duruyor. Bir ürperti hissettim: Ben de Doğu Ekspresi'yle seyahat ettim, ben de geçmişimdeki hüzünlü bir olaydan ötürü acı çektim... Kendimi bir polisiye romanın kahramanı gibi hissettim, aynı anda hem kurban hem de olası katil olabilirdim. Aslında aşkın da kusursuz bir suçtan pek farkı yok: Seni öldürebileceği gibi, bazen daha güçlü de kılabiliyor ve her durumda aklına gelebilecek her türlü çılgınlığı yapman için harika bir mazeret sunuyor.

Olan biteni düşündüğünde benzer bir kaygıya kapılıyor musun? Ama yok, senin soğukkanlılığını, çelik gibi sinirlere sahip olduğunu unutmuşum! Her şeyi kontrol altında tutarsın sen. Paniğe kapılmak nedir bilmezsin. Bu yönünle beni tamamlıyorsun. Aklıselim, her zaman ne istediğini bilen, asla hata yapmayan yanım. Bende eksik olan özellikler.

Dün gece 411 No'lu odada bir an için geçmişe döndüm, çok acı vericiydi. Yaşadığım sürece verdiğimiz söze sadık kalacağım, bu yüzden sustum, ama rengim solmuş olmalı ki Ender bir şeylerin ters gittiğini anladı. İyi olup olmadığımı sordu, ben de suçu şampanyaya attım. O an 1969'un son dakikaları olduğunu fark ettik, aşağıda konuklar kadeh kaldırmaya hazırlanırken biz iki hırsız gibi etrafımıza bakıyorduk. Asansöre doğru koştuk ve tam vak-

tinde onlara katıldık: Neredeyse Dario garsonları bizi aramaya gönderiyormuş.

Ender beni elde etmek için her yolu deniyor, ama bugüne kadar direndim. Dario onun bana evlenme teklif edeceğinden emin. Benim için deli olduğunu ve kafasına koyduğunu yapan insanlardan olduğunu söylüyor. Sonuçta her istediğini elde etmeye alışmış bir tüccar... Onun için zaman en değerli hazine. Dario teklifini kabul etmemi de söylüyor ama ben emin değilim. Ender çekici bir adam ama bir yandan da çapkınlığıyla nam salmış. Kesinlikle kıskandığımdan değil, ama hem yorucu ve yıpratıcı olabilecek hem de sadece kâğıt üstünde de olsa ömür boyu sürecek bir ilişkiye hazır mıyım bilmiyorum. Gelgelelim erdem ve vicdanı bir kenara koyarsak Ender'in kollarına atılmam için çok iyi bir neden var: Serveti.

Şaşırdın mı? Bir an önce alışmanı öneririm. Kardeşin ayakta kalma sanatının inceliklerini çabuk öğreniyor ve bunu en iyi şekilde başarmaya niyetli.

Kaldı ki sonsuza dek Dario'ya bel bağlayamam ve sürekli meteliksiz kalma endişesiyle yaşamaktan bıktım.

Ayrıca kalacak yeni bir yer de bulmalıyım çünkü Vural Hanım aksi ve kıskanç biri çıktı. Sürekli gelinlerinden şikâyetçi. İki oğlu da yurtdışında yaşıyor ve onu hiç aramıyorlar. Oğullarından biri Amerika'da göz doktoru, diğeri Paris'te yaşıyor ve ne iş yaptığı meçhul. Aylar sonra geçen hafta para istemek için aramış annesini. İnanır mısın? Vural Hanım bir koşu postaneye gitti ve oğlunun istediği miktarın iki katını havaleyle gönderdi. "Zavallıcık, kanım canım o, hep yanında olacağım," dedi.

Genç yaşta dul kalmış, çocuklarını tek başına büyütmüş, ama onlar minnettar olacaklarına annelerini yok sayıyor ya da sömürüyorlar. O ne yapıyor peki? Oğullarına sitem etmek yerine, öfkesini gelinlerinden çıkarıyor, sanki kocalarını esir tutuyor ve annelerine kötü davranmaya zor-

luyorlar. Onu azıcık mantıklı olmaya davet edecek olsan bu sefer sana saldırıp tüm zehrini üzerine kusuyor. Vural Hanım'ın çocuklarına sevgisi oldukça hastalıklı. Aslında onu anlasam da, kalın kafalılığı sinirime dokunuyor: İnsanın gözünü kör eden sevginin neler yaptırabileceğini biliyorum, sen de tabii.

Üç gün önce, 1930'lu yıllarda yapılmış, kırmızı kadife koltukları zamanla yıpranmış olsa da hâlâ o özgün havasını koruyan Emek Sineması'na gittim. İs çıkışı Dario'yla buluşmak için konsolosluğun önünde beklerken, duvardaki İtalyan sineması günleri afişi gözüme çarptı. Federico Fellini'nin 8 ½ filminin gösterileceğini okuduğumda inanamadım. Gösterim akşamüstüydü, tek başıma gitmeye karar verdim. Sinemaya doğru yürürken vitrininde bizim babà*'mıza benzeyen bir tatlının sergilendiği bir pastanenin önünden geçtim. Hemen içeri girdim ve film izlerken yemek üzere birkaç tane aldım. Paketi açmak için ışıkların sönmesini bekledim, ama ister istemez biraz gürültü yaptım ve önümde oturan kişi kınarcasına dönüp baktı. Kendimi yaramaz bir kız çocuğu gibi hissettim. Karanlıkta, ilham gelmesini beklerken krize giren yönetmen rolündeki Marcello Mastroianni'yi izlerken küçük pötifurları yemek ne keyifti anlatamam. Her şeyin moralini düzeltmek için hayal edildiği çok güzel bir rüya görmek gibiydi: bilindik yerler, yüzler, anadilinin o tatlı tınısı... Türkçe çok güzel olmasına rağmen biraz sert bir dil. Öğrenmek için çaba sarf ediyorum, ama kolay değil. Hocam Güzin Hanım adlı, uzun yıllar Floransa'da yaşamış bekâr bir kadın. Sürekli büyük ilerleme kat ettiğimi söylüyor ama kendisine inanmıyorum çünkü bana kalırsa doğuştan pohpohçu.*

Film bittiğinde programa bir göz attım. Şubat ayında Antonio Pietrangeli'nin yönettiği, Stefania Sandrelli'nin başrol oynadığı Ben Onu İyi Tanırdım *gösterilecek. Hüzünlü bir film, ama kaçırmayacağım. Yine bir kutu pasta alıp salonun ortasında bir koltuğa gömüleceğim. Işıklar sönecek ve ben kısa süreliğine de olsa İtalya'ya döneceğim. Doğrusu bunun alışkanlık haline gelmesinden ve şişmanlamaktan korkmuyorum değil!*

Ama şu an harika görünüyorum. İstanbul sosyetesinin en çekici, en beğenilen kadını... Ben değil, Dario söylüyor bunu. Kulağına çalınan, hakkımdaki tüm dedikoduları ânında yetiştiriyor. Tüm bu iltifatlardan, sanki beni o yaratmış gibi, gurur duyuyor. Kadınlardan o anlamda pek hoşlanmıyor, ilgi alanları farklı, ama benimle bebekmişim gibi oynuyor. Süsleyip püslediği, şımarttığı, sergilediği bir bebek. Ben de böyle yapmasına izin veriyorum, nasılsa para ondan çıkıyor. Dekolte gece elbiselerine, topuklu ayakkabılara, Fransa'dan ithal çantalara bayılıyor. Beni, senin de beğeneceğin parizyen tarzı butiklerin olduğu Nişantaşı'na alışverişe çıkarıyor. Tezgâhtarlar bizi karıkoca sanıyor ve bu bizi eğlendiriyor. Bazen onlar için, tartışan, hatta kıskançlık krizine giren evli çift rolü yapıyoruz.

Dün altın işlemeli pembe ve mercan rengi bir gece elbisesi hediye etti. Görsen o kadar muhteşem ki! Cuma günü onu giyeceğim. İtalyan Konsolosluğu bir davet veriyor ve Dario ev sahipliği yapmamı istiyor. Ender de davetli ama ben onu diken üstünde tutma niyetindeyim. Ancak kabul etmek gerek ki kolay pes etmiyor. Bu sabah iki düzine kırmızı gül gönderdi. Birkaç gün sonra Brezilya'ya gidecek: Evlilik için sıkıştırırsa, "Döndüğünde konuşalım," diyeceğim.

Kız kardeşinin, davetlerde dansa kaldırılacağı korkusuyla bir köşeye sinen o utangaç genç kızın günün birinde İstanbul jet sosyetesinin kraliçesi olacağı hiç aklına gelir miydi? Geçmişteki o saf hayalperest kıza ben bile üzülüyorum. Ama artık değiştim. Dünyadaki gerçek yerimi arayıp dururken, meğer yalnızca kendi içime baksam yetecekmiş: Kalbimin çarptığı, kanımın aktığı, nefes aldığım, gözyaşı döktüğüm ve tüm zorluklara rağmen hayatta kalmanın coşkusuyla kahkahalar attığım yere. Anladım ki kaderim kendi ellerimdeymiş. Olayların beni sürüklemesine bir daha asla izin vermeyeceğim. İyisiyle kötüsüyle, başıma gelen her şeyi kabullenmiş olacağım.

Her gün kendi kendime tutmaya çalıştığım bir söz bu ama bedelini ancak sen anlayabilirsin. Vurdumduymaz, kendini beğenmiş kadın rolünü oynuyorum; ama aslında kalbimin derinlerinde dinmek bilmeyen bir acı var. Evin kapısından içeri girdiğimde ve gerçek benliğime döndüğümde birbirimize olan bağlılığımızı düşünüyorum ve içim kan ağlıyor. O trajik ve alaycı kader bizi şimdilik ayırmış olabilir ama aramızdaki bağ hiç kopmayacak. Biz kardeşiz, bu bağ kanımızda sürekli akacak, ölene kadar.

Bu arada elimden geldiğince eğlenmeye çalışıyorum. Mutsuzluğumun panzehri bu. Örneğin bu akşam bir arkadaşım, beni herkesin çok methettiği, özgün Osmanlı yemekleri alanında oldukça iddialı yeni bir restorana götürecek. Henüz bir delikanlı olan Bayram da, hayranlarımdan biri. Benden sadece birkaç yaş küçük olmasına karşın bir ergen olgunluğunda. Tekstille uğraşan sanayici bir ailenin oğlu, ama çalışmaya pek hevesli görünmüyor. Aklı fikri eğitim gördüğü Amerika ve o ülkenin çağrıştırdıklarında: Western filmler, James Dean tarzı tıraşlar, Coca-Cola, kot pantolonlar... Annesi İstanbul sosyetesinin en nüfuzlu kadınlarından. Sosyeteye kimin gireceğine o karar veriyor. Bir kere karşılaştım onunla, konsolosluğun bir davetinde: Bana seni hatırlattı. Daha doğrusu yirmi yıl sonraki halini: soğuk, zarif ve karizmatik.

Bayram aslında benim için iyi bir kısmet. Genç, yeterince saf ve cebi dolgun. Ayrıca yakışıklı ve bana tam anlamıyla tutkun. Ama asla evlenemez benimle çünkü annesi buna izin vermez. İyi aileden, vakur bir Türk kızı var aklında. Bende olmayan özellikler, en azından onun gözünde.

Ender kurnaz ama bu kadar seçici değil. Ya da kriterle-

ri farklı... O, dünya görmüş "kötü" bir kız istiyor. Kökleri onu ilgilendirmiyor. Önemsediğini, bakarak, koklayarak ve dokunarak değerlendirmeye alışmış. Onun sözleri bunlar. Neticede ben kararımı henüz vermedim, o da resmî bir teklifte bulunmadı zaten. Hem aşk tanrısı gibi yakışıklı, nüfuzlu bir hayranımla güzel bir gece geçirmekte ne kötülük var?

Geç oldu, hazırlanmam gerek. Sim ve dore işlemeli gece mavisi elbiseyi seçtim. Beğeneceğini sanmıyorum.

Sevgiyle kal.

Kardeşin

Ambulans geldi. Acili arayan Sergio'ydu. Telefonu açtıklarında da durumu açıklamak kolay olmadı. Santral görevlisi işi ağırdan almıştı. "Anlamadım" ve "Tekrar eder misiniz lütfen?" deyip duruyordu. Sergio öfkeden patlamamak için zor tuttu kendini. O kritik anlarda nasıl çaresiz hissedildiğini anlamıştı. Zamana karşı yarışıyorlardı? Kim bilir, Elena belki de yanılmıştı. Belki Elsa sadece bayılmıştı ve telefondaki adam ona göz göre göre vakit kaybettiriyordu...

Ama Elena yanılmamıştı.

Sergio şimdi boş gözlerle, hakkında az önce anlattıkları dışında hiçbir şey bilmedikleri o kadının cansız bedeniyle etrafında toplanan ambulans görevlilerine bakıyor. Yanında duran Giovanna başını çeviriyor. Görevlilerin giysilerinin parlak turuncu rengi insanın gözünü yoruyor. Mutfakta Elena ile ikisi kaldılar. Diğerleri salonda. Aralık kapıdan fısıldaşmaları duyuluyor.

Elena kendini tanıtıyor: "Merhaba, ben doktor..." İlkyardım ekibi doktor olduğunu duyunca işlerini daha titiz yapıyorlar sanki. Meslekten oluşu görevlileri etkiliyor, ama Sergio aynı zamanda endişe uyandırdığı hissine de kapılıyor. Belki de üstleri olan birinin gözetiminde olmaktan çekiniyorlar. Elena, kurbanın ani bir rahatsızlık geçirdiğini düşündüğünü söyleyerek olan biten hakkında onları bilgilendiriyor.

"Daha birkaç dakika önce bize patlıcanlı yemek tarifi veriyordu, sonra da öldü. Sessiz sedasız! O an farkına bile varmadık..." diye lafa giriyor Giovanna.

Görevlilerden biri Elena'ya dönerek, "Kadının rahatsızlandığını geç fark etmiş olabilir misiniz?" diye soruyor.

"Yo, hayır, birkaç saniye içinde, en fazla iki dakika. Bir anekdot anlatıyordum ve herkes dikkatini bana vermişti. Sağımda, görüş alanımın dışında kaldığı için ben de bakmıyordum ona. Nabzını kontrol ettiğimde ne yazık ki atmıyordu."

"Ve kadının nabzının atmadığını anladınız," diye ısrar ediyor görevli.

"Aynen."

"Hanımefendi özel bir şey yemiş miydi? Kalp krizi geçirmesine neden olacak bir şey?"

"Hayır, yemeğe elini bile sürmedi," diyen Giovanna soğumuş makarna tabağını işaret ediyor. "Şarap da istemedi. Kadehini doldurmak isterken beni durdurup suyu tercih ettiğini söyledi. Hatta tam olarak, 'Bugün içmesem daha iyi,' dedi."

"Ama sofraya oturmadan önce ilaç içti," diye araya giriyor Elena. "Çantasına bakmalısınız: İlaç kutusu orada. Belki reçeteyi de bulursunuz. Sanırım hastaydı."

Sağlık görevlileri Elsa'ya ilkyardım uygulamaya çalışıyor ama boşuna: Elsa'nın durumu kesin.

"Maalesef yapılacak bir şey yok. Kadın ölmüş," diyor iriyarı olan acil tıp teknisyeni. Sergio'ya soruları soran sağlık personeli bir form doldurup imzalatırken, diğerleri tıbbi cihazları toparlamaya başlıyor. Bu bürokrasi işleminden canı sıkılan Sergio formu karalarcasına dolduruyor. Olup bitenler ona gerçekten çok bir film sahnesi gibi geliyor. Korkunç bir felaketin yaşanmasına dakikalar kala çıkagelen mucizevi bir yardımla olayların akışının bir anda değişiverdiği o boğucu dramlardan birindeymiş gibi. Ama bu kez mutlu sonla bitmeyecek.

Elsa'nın cansız bedeni boş bir çuval gibi sedyede yığılmış duruyor. Solgun yüzünde ruju dağılmış. Bir saat önce oturduğu ve bir daha kalkamadığı sandalye, şimdi masanın yanında öylece duruyor.

Diğerlerinden daha konuşkan olan sağlık görevlisinin kemerinde, tabanca gibi, eski görünümlü, kulak tırmalayıcı sesler çıkaran bir telsiz asılı. Sergio bunun emirler veren metalik bir ses olduğunu anlamakta zorlanıyor. Ses çok cızırtılı. Ama kimse aldırmıyor buna. O sürekli cızırtı, ortamı daha da gerçeküstü kılıyor.

Satışa çıkar çıkmaz gidip en son model cep telefonu alan Sergio kısık sesle, "Neden böylesi köhne bir teknoloji kullanıyorlar? Akıllı telefon daha pratik değil mi?" diye soruyor.

Giovanna, "Ne dedin?" diyor.

"Yok bir şey, sadece acil servisle konuşmak için bu köhne aletler yerine neden akıllı telefonları kullanmadıklarını merak ettim."

"Olur da bir yerde telefon çekmezse radyo frekanslarından yararlanılsın diye sanırım," diye açıklıyor Elena.

Giovanna suskun. Ne diyeceğini bilmediğinde susmayı tercih ediyor. Sağlık görevlilerinin hareketlerini izlerken yüzünde memnun bir ifade var. Naaşı mavi bir örtüyle nazikçe kapatmaları ona ilkel kavimleri anlatan bir belgeselde gördüğü ritüelleri anımsatıyor. Ölümle yüz yüze gelmelerine rağmen duygularına böylesine hâkim olmayı başarmaları, onda hayranlık uyandırıyor. Bu insanlar, elden gelen bir şey olmadığında bile ne yapılması gerektiğini biliyorlar galiba.

"Biraz sonra ablası gelecek. Ona haber vermek lazım," diyor birden Sergio'ya dönerek. Ses tonunda sorunu bir an önce çözmek isteyen birinin kararlılığı var.

"Doğru! Neredeyse unutuyordum..." O nazik kadına, yıllar sonra tam kavuşacakken kardeşini kaybettiği haberini verecek olma fikri bile Sergio'ya kendini kötü hissettiriyor. Kelimenin tam anlamıyla kaderin kötü bir oyunu.

Giovanna sağlık görevlisine soruyor: "Onu nereye götüreceksiniz? Bir akrabası var, ablası... Sanırım bazı formalitelerin yerine getirilmesi gerekiyor."

"Ona siz mi haber verirsiniz?"

"Evet, tabii. Aslında buraya geliyor. Birazdan burada olur."

Sağlık görevlisi, gidecekleri hastanenin morgunun numarasını veriyor, o da alışveriş listesini yazdığı mutfaktaki deftere hızla not ediyor.

Bu arada salonda arkadaşların kısık sesle konuşmaları kesildi. Biri kapıyı açtı, Elsa'nın cansız bedenini taşıyan sağlık görevlilerine bakıyorlar. Giulio bir koltuğa çöküyor, yüzü solgun, boş boş bakıyor. Onun bu halinden endişelenen Elena yanına gidiyor. Neden bu denli yıkıldı? O kadını tanımıyordu bile, bu kadar sarsılması normal değil. Rahatlatmak için elini omuzuna koyup sevgiyle okşuyor.

"Hey yakışıklı, ne oldu? İyi misin?" diye soruyor.

Giulio, "Evet, evet," diye mırıldandıktan sonra tekrar sessizliğe bürünüyor.

Sağlık görevliler arkalarında yoğun bir kasvet bulutu bırakarak evden çıkar çıkmaz kapı çalınıyor. Kapıyı Giovanna açıyor. Karşısında üç polis buluyor, üçü de çok genç ve hallerine bakılırsa oldukça sabırsızlar. Açık renk gözlü, kısa kızıl sakallı olanın elinde bir dosya var. İzin istemeden Elsa'nın son nefesini verdiği sandalyeye oturuyor, ama ne Sergio'nun ne Giovanna'nın bunu söylemeye cesareti var.

"Polis niye geldi? Kim çağırdı?" Kısık sesle soran Annamaria.

Leonardo omuzlarını silkiyor. O nereden bilsin? İkisi de meraklı gözlerle Elena'ya bakıyor: Doktor olduğu için her şeyi bilir diye düşünüyor olmalılar.

"Arkadaşlar, hiçbir fikrim yok. Ani ölüm vakalarında otomatikman emniyete de haber veriliyor belki."

Annamaria kanepeye uzanıyor. Jinekoloğun önerdiği gibi dolaşımı hızlandırmak için bacaklarının altına iki minder koyuyor. O pozisyonda mutfağı net görüyor.

Sergio polislere dönüp, "Bir şey içer misiniz? Bir bardak su? Kahve?" diye soruyor, sanki misafirliğe gelmişler gibi. Ama onlar değerli vakitlerinin bir saniyesini bile harcamak niyetinde değiller.

Sakallı polis, "Yok, sağ olun, raporu yazmak için yardımınıza ihtiyacım var sadece," diye yanıtlıyor. Sol elinde sıkıca bir dosyayı tutuyor, sağ elinde de bir kalem.

Etrafında olan bitene ilgisiz kalan tek kişi Leonardo. Kütüphaneden bir çizgi roman alıp sanki tramvayda ya da bir diş hekiminin bekleme odasındaymış gibi okumaya başlıyor. Ama arkadaşları yalnızca rol yaptığının farkında. Hiçbir şey olmamış gibi davranmak, kontrolü dışında gelişen olaylarla bu şekilde baş etmek geliştirdiği bir savunma mekanizması.

Aslında polislerin gelmesiyle Leonardo paniğe kapıldı. Hayatı boyunca polisle işi olmadı ama yine de kendini suçlu hissediyor. Detaylarını hatırlamadığı bir suç işlemiş gibi. Ev bir anda olay yerine dönüştü ve o yaptıklarından dolayı sorguya çekilmeyi bekliyor. Hangileri için peki? Çizgi romanın sayfalarını çevirirken, ellerinin titrediğini fark ediyor. *Diabolik* ve *Eva Kant* dolunaylı bir gecede büyük bir mücevher soygunu yapıyorlar. Bir anlığına o da kendisini hırsızdan farksız hissediyor ve müthiş korkuyor. Kimse korktuğunu anlamasın diye her dille durumu anlatır," diyerek konuyu kapatıyor. Bunu kendisinin yapacağını biliyor. Giovanna yeterince diplomatik değil. Ayrıca şimdi halinde bir tuhaflık var gibi, endişeli görünüyor. Evet, kararını verdi, Adele Hanım'la o konuşacak. Düşüncesi bile kendini kötü hissettiriyor ama bundan kaçamaz. Gerginliğini azaltmak için rosto tabağını alıp çöp kutusuna boşaltıyor. Yemeği saklamak fikri bile midesini bulandırıyor.

"Sakinleştirici var mı sende?" diye soruyor Leonardo.

"Bir şişe Lexotan olmalı. Gel."

Sergio banyoya doğru gidiyor, peşinden de arkadaşı. Kapıyı kapatıp sarılıyorlar.

"Sakin ol Leo, her şey yolunda," diye fısıldıyor Sergio onu sımsıkı sararken. Arkadaşı da kendini onun kollarına bırakıyor. Uzaktan diğerlerinin sesleri geliyor, ama onlar duymuyorlar bile. Leonardo, Sergio'yu dudaklarından tutkuyla öpüyor.

İstanbul, 4 Mayıs 1971

Sevgili Adele,

Sana bir sürü haberim var.

İlki sürpriz olacak, gerçi belki de olmaz. Evlendim. Ender benimle kedinin fareyle oynadığı gibi oynadı ve sonunda kazandı. Bana kur yaptı, iltifatlara, pahalı hediyelere boğdu. Nabız yoklamak için Dario aracılığıyla niyetini belirten mesajlar yolladı. Dario ne kadar farkındaydı bilmiyorum. Sonra esrarengiz bir biçimde, veda etmeden Brezilya'ya gitti, üç hafta sonra döndüğünde de birkaç gün ortalıkta görünmedi. Benimle ilgili fikrini değiştirecek bir şey mi oldu diye soruyordum kendime. Zaman geçtikçe endişem, gözümde onu daha ilginç kılmıştı.

Hareketli hayatımdan vazgeçmemiştim ama. Dario ve arkadaşlarıyla birlikte her gece yemeğe, dansa ya da Bebek'teki mekânlardan birine bir kadeh rakı içmeye gidiyordum. Perşembe öğleden sonraları ise, bir salonu İstanbul'daki İtalyan Kadınlar Derneği'ne ayrılan konsolosluğa uğruyordum. Kâğıtlara bakarken aralarında özlemle yöresel İtalyan yemek tariflerini paylaşan bir grup kumarbaz kadınla briç oynuyordum. Artık onlarla görüşmüyorum, uzak kaldılar. Üzülüyorum biraz. Briçi çabucak öğrenmiştim, fena da oynamıyordum.

Ama en önemlisi, bir grup hayranım vardı. Son derece yakışıklı Bayram da onlardan biriydi. Ender'in sessizliğinin bozamadığı hoş bir rutindi aslında. Ama ne kadar sürebilirdi? Durumumun belirsizliğinin farkındaydım. Ayrıca ev meselesi de her geçen gün aciliyet kazanıyordu. Vural Hanım'ın yanında kalmak, para ödemediğim için işime geliyordu, ama onu ne kadar itici bulduğunu gizlemekte zorlanıyordum ve dul kadın bana ters ters bakmaya başlamıştı. Gelinlerine duyduğu düşmanlıktan nasibimi almam an meselesiydi. Er geç bir bahane uyduracak ve ben de kendime başka bir yer bulmak zorunda kalacaktım.

İlkbahar günlerinde, havada ıhlamur ve kestane ağaçlarının mis kokuları, Bayram'la iki nişanlı gibi el ele dolaşmak eğlenceliydi. Ailenin yüz karası, aylak dayısı arada bir Pera'daki iki odalı evini kullanmasına izin veriyordu. Aynalarla dolu o bekâr evine kaçıyor ve eski bir kanepede sevişiyorduk. Ama Bayram üniversite eğitimini tamamlamak için New York'a gidecekti. Annesinin tek isteği buydu. Büyük olasılıkla bir daha görüşemeyeceğimizi biliyordu.

Kısacası, bir ay önce durum buydu. Bolca eğlence, aşırı savurganlık, paralarım gibi tükenmeye mahkûm aşklar. Elle tutulur herhangi bir amaçtan yoksundum. En az benim kadar ilkesiz biriyle evlenmek dışında. Çekici bulduğum ama âşık olmadığım bir adam.

Hayatım tefrika roman gibi, değil mi?

Mutlu sonla biten türden. Geçen hafta Ender'le evlendik.

Evlenme teklifini bir restoranda yaptı. Çok gözde bir mekân olan Rejans'a gittik. Ender oranın müdavimlerinden, garson coşkuyla karşıladı onu. Tanındığı ve saygı gördüğü o mekânı özellikle seçtiği hissine kapıldım: Beni etkilemek istiyordu. Çabası boşunaydı, çünkü kararımı zaten vermiştim. Tatlı olarak dondurmalı iki peşmelba söyleyip garsonu savuşturduktan sonra, ceketinin cebinden mavi kadife küçük bir kutu çıkardı. İçinde, pırlantası gördüklerimin en irisinden bir tek taş vardı. Ender sol elimi alıp yüzüğü parmağıma geçirdi: Sanki gizlice parmak ölçümü almış gibi, yüzük tam oturdu. Neden bilmem ama bu düşünce beni duygulandırdı. Göründüğünden daha değerli bir yüzük. O günden beri hiç çıkarmadım.

Tören oldukça sadeydi. Kokteyle yüz kişi davetliydi. Hiçbir akrabam yoktu davetliler arasında. Dario dışında tabii. Ender davetin, sonradan izlerini kaybettiğimiz bir çiftin nişanında tanıştığımız Hilton Oteli'nde olmasını istedi. Ne kadar romantik değil mi? Sonuçta Ender düşünceli bir eş gibi görünüyor.

Bebek'te, Boğaz kıyısında kırmızı büyük bir yalıya yerleştik. Evi benim için satın aldı, ne de olsa o çok kalmıyor evde, daha önce de yazdığım gibi, çok seyahat ediyor. Vasıflarından biri de bu. Her dakika dip dibe olmamak, anlaşmanın en güzel sırrı.

Ev çok güzel, bir sürü odası, salonu var, arkasında da büyük bir bahçe. Yatak odasından, denizin rıhtıma vuran sesini duyuyorsun. Geçen gece uyku tutmamıştı, penceremin altında sohbet eden iki balıkçının seslerini duydum. Aslında fısıltı gibi geliyordu sesler, bu yüzden ne dediklerini tam anlayamıyordum, ama biri diğerine bir hikâye anlatıyordu galiba. Onları dinlerken yavaş yavaş uykuya daldım.

Ev işlerine, Ender'in küçüklüğünden beri tanıdığı yaşlı bir kâhya bakıyor. Benden hoşlanıyor mu bilmiyorum, ama pek de umurumda değil. Ayrıca çok maharetli bir aşçı, bir hizmetçi, bir de şoförümüz var. Dün şoförümüz Murat beni Sultanahmet'e, Kapalıçarşı'ya götürdü. Kendime hediye olarak geleneksel bir Türk mücevheri almak istedim ve sonunda turkuvaz ve saf yakutlarla süslü altın bir bilezik buldum. Sonra Murat'a beni Taksim Meydanı'na götürmesini söyledim. Meydana yakın bir çay bahçesinde Dario'yla zamanki kibirli, küçümseyici tavrını takınacak. Onu iyi tanıyanların dışında kimse tabii ki.

"Ne yapıyorsun, Leo? Ne okuyorsun?" Annamaria'nın sesi sitemkâr.

Leonardo gözlerini kitaptan kaldırarak, "Hiç, eski bir *Diabolik*. Sergio'nun sevdiğini bilmiyordum..." diye yanıtlıyor.

Annamaria karnını okşayarak, "Yakın arkadaşsınız diye onun sevdiği her şeyi bilmek zorunda değilsin ya!" diyor.

Leonardo çizgi romana dalıyor yine. Annamaria'ya bakmakta zorlanıyor. Baba olmayı iple çekmesine rağmen hayatına getireceği değişiklikler onu korkutmuyor da değil. Bu nedenle bazen çareyi karısının hamileliğini yok saymakta buluyor. En iyisi polis memurlarına konsantre olmak. Fırtınalı bir denizde cankurtaran simidiymiş gibi *Diabolik*'e sıkıca sarılıp mutfağa göz atıyor. Memurlardan biri Giovanna'yla konuşuyor ama Leonardo'nun gözü, her durumda nasıl davranması gerektiğini bildiği için son derece sakin, rahat görünen Sergio'nun üzerinde. Leo onun üniformalı adamların karşısında dimdik durup söz almasını, memurların da anlattıklarına pürdikkat kesilmesini izliyor. Pencereden içeri süzülen ışık saçlarına vuruyor. Heyecanına yenik düşen Leonardo çizgi romanı elinden düşürüyor. *Diabolik*'e ilgisi bir anda söndü. Bu arada bir polis memuru salon kapısından başını uzatıp herkesi mutfağa çağırıyor.

"Demek ölen kadını tanımıyordunuz?" Sakallı polisin bu soruyu üçüncü soruşu. Bu olağandışı durumu anlamakta zorlanıyor gibi.

Derdini yeterince anlatan Sergio, sözü Giovanna'ya bırakmanın daha iyi olacağını düşünüyor. Nitekim karısı, olayı başından sonuna sakin sakin anlatıyor. Sonunda polis memuru ikna olmuş gibi.

"Kadının özel eşyaları?" diye soruyor.

Sergio, "Sadece bu vardı," diyerek işlemeli çantayı uzatırken farkında olmadan gözleriyle Elsa'nın masanın üzerine bıraktığı mektupları arıyor. Neyse ki hâlâ masanın üstündeler. Rahatlıyor. Giovanna da aynı şeyi düşündü, bakışları buluşuyor. Geldiğinde onları ablasına verecekler. Trajik haberi verecek olmak Sergio'nun içini burkuyor. Ama hemen toparlıyor kendini: Bunu sonra düşünecek.

Polisler ölen kadının çantasında İtalyan kimlik kartıyla bir Türk pasaportu buluyor. Sergio belgelere gözucuyla bakıyor: İlkinde en az otuz yıl öncesine ait, ikincisinde daha yeni bir vesikalık fotoğraf var. Fotoğraftaki kadın aynı ama isim farklı. Muhtemelen Türkiye'de evlendi ve kocasının soyadını aldı. Belgenin verildiği yer İstanbul.

"İstanbul!" diye bağırıyor Giovanna heyecanla. O şehir hep büyülemiştir onu! Hep gitmek istemiş ama bir türlü fırsat bulamamıştı.

"Tahmin etmiştim, hünkâr yemeğinin tarifinden sonra..." diyor Elena.

Annamaria kısık sesle yorum yapıyor: "Demek mektupları İstanbul'dan gönderdi."

Tek konuşmayan Giulio. Elsa öldüğünden beri ağzını bıçak açmadı. Arkadaşları ne kadar perişan olduğunu tahmin edemez. Ölümle yüz yüze gelmek onda şok etkisi yarattı. Sofrada kadının tam karşısında oturuyordu: Ona ifadesizce bakan o gözler aklından hiç çıkmayacak. Ve o hiçbir şeyin farkına varmamıştı!

Bu arada polisler hepsinin kimliklerini istiyor.

"Sicil kaydınıza bakmalıyız. Sadece formalite," diye açıklıyor sakallı polis. Gitmeden önce de profesyonel bir tonla, bir kuralı ezbere okur gibi ekliyor: "Ama önümüzdeki günlerde ifade için karakola çağrılabilirsiniz."

Giovanna onları yolcu ettikten sonra evini başka belalardan korumak istermiş gibi sırtını kapıya sıkıca dayarken uzaklaşan polislerin ayak sesleri duyuluyor. Gözlerini kapatıp derin bir nefes alıyor. Biraz önceki sakinliği yerini, kendisini de şaşırtan bir öfkeye bırakıyor. Elsa'ya kızgın. Ona ilk anda duyduğu sempatinin yerini hınç duygusu aldı. Mükemmel hayatının düzenli rutinini bozan o kadın kimdi? Ne akla hizmet Giovanna'nın hiç bilmediği, hayal etmekte bile zorlandığı İstanbul'dan kalkmış ve ölmek için onun mutfağına gelmişti? İçinden onu suçlarken, bir yandan da bunun acımasızca ve bencilce olduğunu hissediyor.

Arkadaşının ruh halindeki değişikliği fark eden Annamaria, "Neyin var?" diye soruyor.

"Üzgünüm, hepsi bu," diye yanıtlıyor gerçek duygularını kendine saklayarak. Ablasını görebilmek için dünyanın yolunu gelen, ama sohbet eşliğinde makarnalarını yerken ona pek ilgi göstermeyen yabancıların arasında ölüp giden o zavallı kadın onda acıma hissi uyandırıyor.

Annamaria onaylıyor, "Haklısın, acıklı bir hikâye gerçekten. Ve ne şansızlık! Bunca yolu geldikten sonra yabancıların mutfağında ölmek... Ne kadar da anlamsız..."

Düşüncelerini okuyor sanki. Giovanna elinde olmadan kızarıyor. Tüm gücüyle ondan beklenen üzgün ifadeyi takınmaya çalışıyor ama içindeki öfke patlamasını dindiremiyor. Elsa'nın ölümü, o güne kadar kendisinin dahi inkâr ettiği kusurlarını ortaya çıkarıp, daima mükemmel görünmek için verdiği tüm çabayı bir anda anlamsızlaştırdı sanki.

"Yanılıyorsun."

Herkes bir anda Giulio'ya doğru dönüyor: Konuşan o. Nihayet o suskun afallamayı üzerinden attı. Annamaria'ya bakıyor.

"Ne demek istiyorsun?" diye soruyor o da.

"Bir yabancının mutfağında ölmedi. Onun için burası elli yıl önce yaşadığı evdi. Bilindik, sıcak, bir yuva. Şimdi biz ya da başkasının sahip olmasının Elsa için hiçbir önemi yoktu: Önemli olan burada olmasıydı. İnsanlar nasıl nefeslerini tutabiliyorsa bazı mekânlar da duyguları önce duvarları arasında hapseder, sonra da ağır ağır koyuverirler... Bunu fark edecek kadar duyarlı olanlar, onları bedenlerinin her hücresine ulaşana dek içlerine çekerler. Ve nerede olurlarsa olsunlar, kendilerini hep evlerinde hissederler..."

Belli ki aşırı hassas olan Giulio'nun zihninde çok derin duygular canlandı. Elena yanına gidip ona sarılıyor.

Annamaria, "Abla meselesi hâlâ çözülemedi. Ne yapacağız?" diye endişeyle soruyor.

"Ne yapabilirsin ki? Gelmek üzeredir," diyor Leonardo.

Elena ekliyor: "Geldiğinde olan biteni sakince anlatacağız."

Annamaria umutla soruyor: "Polisler ismini aldı: Haberi onlar veremez mi?"

"Nasıl verecekler? Onlara ev telefonunu verdim, Adele Hanım'sa yolda şimdi," diyor Giovanna.

"Niye ev telefonunu verdin ki?" Soran Sergio.

"Bende sadece o vardı da ondan."

Kendini toparlayan Giulio araya giriyor: "Bence bizim söylememiz en doğrusu. Daha insanca."

Giovanna, "Daha insanca mı?" diye soruyor.

Elena da aynı fikirde: "Evet, artık yola çıktı ve yaşı da var. Kimse böyle bir haberi telefonda, hele ki polisten almamalı."

Annamaria özür dilercesine, "Tabii ki. Öylesine sordum, anlamak için..." diyor.

Sergio, "Elena haklı: Geldiğinde birimiz uygun bir

İstanbul, 4 Mayıs 1971

Sevgili Adele,

Sana bir sürü haberim var.

İlki sürpriz olacak, gerçi belki de olmaz. Evlendim. Ender benimle kedinin fareyle oynadığı gibi oynadı ve sonunda kazandı. Bana kur yaptı, iltifatlara, pahalı hediyelere boğdu. Nabız yoklamak için Dario aracılığıyla niyetini belirten mesajlar yolladı. Dario ne kadar farkındaydı bilmiyorum. Sonra esrarengiz bir biçimde, veda etmeden Brezilya'ya gitti, üç hafta sonra döndüğünde de birkaç gün ortalıkta görünmedi. Benimle ilgili fikrini değiştirecek bir şey mi oldu diye soruyordum kendime. Zaman geçtikçe endişem, gözümde onu daha ilginç kılmıştı.

Hareketli hayatımdan vazgeçmemiştim ama. Dario ve arkadaşlarıyla birlikte her gece yemeğe, dansa ya da Bebek'teki mekânlardan birine bir kadeh rakı içmeye gidiyordum. Perşembe öğleden sonraları ise, bir salonu İstanbul'daki İtalyan Kadınlar Derneği'ne ayrılan konsolosluğa uğruyordum. Kâğıtlara bakarken aralarında özlemle yöresel İtalyan yemek tariflerini paylaşan bir grup kumarbaz kadınla briç oynuyordum. Artık onlarla görüşmüyorum, uzak kaldılar. Üzülüyorum biraz. Briçi çabucak öğrenmiştim, fena da oynamıyordum.

dille durumu anlatır," diyerek konuyu kapatıyor. Bunu kendisinin yapacağını biliyor. Giovanna yeterince diplomatik değil. Ayrıca şimdi halinde bir tuhaflık var gibi, endişeli görünüyor. Evet, kararını verdi, Adele Hanım'la o konuşacak. Düşüncesi bile kendini kötü hissettiriyor ama bundan kaçamaz. Gerginliğini azaltmak için rosto tabağını alıp çöp kutusuna boşaltıyor. Yemeği saklamak fikri bile midesini bulandırıyor.

"Sakinleştirici var mı sende?" diye soruyor Leonardo.

"Bir şişe Lexotan olmalı. Gel."

Sergio banyoya doğru gidiyor, peşinden de arkadaşı. Kapıyı kapatıp sarılıyorlar.

"Sakin ol Leo, her şey yolunda," diye fısıldıyor Sergio onu sımsıkı sararken. Arkadaşı da kendini onun kollarına bırakıyor. Uzaktan diğerlerinin sesleri geliyor, ama onlar duymuyorlar bile. Leonardo, Sergio'yu dudaklarından tutkuyla öpüyor.

randevum vardı. Beyoğlu'ndan taşındığımdan beri eskisi gibi sık görüşemiyoruz. Arkadaşlığını özlüyorum ve bunu ona söyledim. Daha sık buluşmak sözüyle ayrıldık.

Sayfanın sonuna geldim ve başka mektup kâğıdım kalmadığı için burada kesmek zorundayım. Ama önce sana sormak istediğim şeyler var.

Neler yapıyorsun? Günlerin nasıl geçiyor? Yeniden evlendin mi? Seni unuttuğumu sanma: Yokluğunu hissetmediğim an yok.

Beni habersiz bırakma, biraz değişiklik olur hem. Bu monolog sıkmaya başladı artık.

Her şeye rağmen, sevgiyle kal.

Kardeşin

"İzin verirseniz içeri girmeden önce sizden bir şey rica edeceğim: Kardeşimle yalnız konuşmak isterim. Nerede o?" Adele Conforti kapının önüne geldiğinde hayli endişeli görünüyor. Sesi, bir kız çocuğununki gibi tiz çıkıyor. Ağır ağır da olsa merdivenleri hiç durmadan, kararlılıkla çıktı ve nefes nefese de değil. Elsa'dan daha büyük olmalı ama fiziği daha iyi, diye düşünüyor Sergio. Evi aldıklarında yetmiş dört yaşındaydı, şimdi yetmiş altı olmalı. Boz kahverengi keten pantolon ceket takımı, gömleği kusursuz, gümüş rengi kısa ve gür saçları da. Gözleri aynı kardeşininkiler gibi, ama daha cin bakışlı. Hayattan büyük bir ders almış gibi.

Dış kapının zili çaldığında, belki de olanları unutmak istedikleri için olsa gerek, Elsa'nın ablasını beklediklerí hepsinin aklından çıkmıştı? Giovanna, Giulio ve Elena'nın yardımıyla sofrayı topluyordu. Annamaria, sırt ağrısından yakınarak kendini iskemleye atmıştı. Zil çalınca hepsi irkildi.

Giovanna, "Ablası olmalı! Signora Conforti... Sergio, neredesin?" diye panikle bağırdı. Bir yardım çağrısıydı bu.

"Geldim, bağırmana gerek yok."

Sergio garip bir tavırla koridordan çıkıyor. Arkasından, yüzü kızarmış, saçları da sanki yüzünü yeni yıkamış gibi ıslak olan Leonardo. Giovanna ikisinin kaçamak bakışlarını görmezden geliyor.

Sergio, dış kapı ziline yanıt vermeden önce kulağına fısıldıyor: "Leonardo sakinleştirici istedi: Belli etmese de çok sarsıldı. Birkaç damla Lexotan verdim: Banyoda bir şişe olduğunu hatırladım da."

Giovanna kocasının yalan söylediğinin farkında. Daha geçen gün banyo dolap ve çekmecelerini elden geçirdi. Tarihi geçmiş ilaçları ve boş tıraş köpüğü kutularını attı. Attıkları arasında Lexotan şişesi de vardı. Belki de atmadım, diye düşündü. Artık eskisi kadar inat etmiyor, daha mütevazı davranmayı öğrendi.

Sergio'nun ilk yalan söyleyişi olmadığını biliyor, ama her şeye rağmen ona hâlâ inanmayı yeğliyor. Aksi takdirde nedenini sorgulaması gerek.

"Lexotan mı? Cidden mi?" diye soruyor.

Ama Sergio onu duymadı bile. Misafiri karşılamak için kapıya çıktı.

Adele Conforti geldiğine göre, ne diyecekler şimdi ona? Sergio kötü haberi vermeyi üstlenmiş gibi ve Giovanna bundan dolayı ona minnettar. Mutfak kapısının eşiğinde duran kadın tereddütle etrafa bakınıyor.

"Lütfen, içeri buyurun." Giulio oturması için nazikçe bir sandalye çekiyor. Kardeşinin aksine Adele çok sık gülümseyen birine benzemiyor: Bakışları buz gibi. Zamanın izlerini taşıyan cildi, açık renk farla boyalı gözlerinin çevresinde gergin, dudakları ince bir kırmızı çizgi. Elini saçlarına götürüyor.

"Hay Allah. Burası epey değişmiş. Yıllarca yaşadığım yeri tanıyamadım!" diyor sert bir tonla. Ama evin bu yeni halini beğenip beğenmediği tam olarak anlaşılmıyor.

Ne yapacağını bilemeyen Giovanna bir şeyle meşgul olmak için, "Kahve içer misiniz?" diye soruyor.

Giulio araya giriyor, "Hanımefendi belki daha sert bir şey ister, konyak mesela..."

Adele Conforti şaşkınlıkla bakıyor: Neden daha sert bir şeye ihtiyaç duysun ki? Ama etrafında dönüp duran şu gençlerin kaçamak ve endişeli bakışları içinde kötü bir his uyandırıyor. Başıyla hafifçe onaylıyor. Genelde sert içkileri tercih etmeyen Giovanna, Allahtan evde misafir için bir şişe konyak var, diye düşünüyor.

"Sergio sen koyar mısın? Ben viskiyle brendiyi ayırt edemem..." diye fısıldıyor.

Kocası üst raftan şık etiketli bir şişe alıp, kristal *shot* bardağına iki parmak içki koyuyor. Bu arada Giovanna içkiyle birlikte ikram edeceği bir şey arayışı içinde: Signora Conforti'ye kötü haberi verdikten sonra onu sarhoş etmeseler bari! Allahtan evde bitter çikolata var: Konyağın yanında iyi gider. Sonuçları belli, kontrolü altında gelişen şeyler yapmak onda güven duygusu uyandırıyor. Aynı şekilde, kusursuz ev sahibesi rolü yapmak da yatıştırıyor onu.

"Elsa nerede?" Adele etrafına giderek daha telaşlı bakıyor. "Yoksa gitti mi?"

Kardeşinin orada olmadığının artık farkında.

Korkulan an geldi. Sergio bir tabure alıp yanına oturuyor. Adele ufak tefek bir kadın. O ise uzun boylu ve yapılı. Taburedeyken bile ondan uzun, ama en azından gözlerinin içine bakabiliyor. Bir yerde, birine kötü bir haber verirken göz teması kurmanın önemli olduğunu okumuştu. Ani tepkileri hafifletmeye yarıyor, ki şimdi en çok bundan korkuyor. Yani Signora Conforti'nin hıçkırıklara boğulmasından ya da sinir krizi geçirmesinden. Gerçi hâlâ tedirgin ama artık geri dönüşü yok.

"Evet, bir anlamda gitti... Bizi terk etti. Ebediyen." Ağzından çıkanlar şaka gibi, söylerken bile utanıyor.

Kadın taş kesiliyor. Yüzü bembeyaz. Dudaklarının

kırmızı çizgisi yüksek gerilim hattı gibi gergin. Gerçek yaşını şimdi gösteriyor, belki birkaç yaş fazlasını. Başını çevirip pencereye bakıyor. Kardeşinin yaptığı gibi. Sonra konyak dolu bardağı alıp büyük bir yudum içiyor.

Pencerenin dışında bir noktadan gözünü ayırmadan, kısık sesle, "Nasıl oldu?" diye soruyor.

"Hepimiz buradaydık, sofrada; ve... birden kalbi durdu." Sergio kelimeleri özenle seçmeye çalışıyor, ama işi zor. "Havadan sudan konuşuyorduk ve o bizimle birlikte gülüp şakalaşıyordu. Bir patlıcan yemeğinin tarifinden söz etmişti... Sonra birimiz, Annamaria'ydı galiba... nefes almadığını fark etti."

"Sanırım hiçbir şeyin farkına varmadı." Adı geçen Annamaria, üzgün, araya giriyor.

"Evet," diye onaylıyor Sergio. "Doktor olan arkadaşımız Elena hemen müdahalede bulundu, onu hayata döndürmeye çalıştı. Ama maalesef yapacak bir şey yoktu: Kalbi durmuştu."

Giovanna çikolata kutusunu uzatırken, "Almaz mısınız, çok lezizler!" diyor. Bu duyarsız çıkışının ardından, hepsi ona kötü kötü bakıyor. Ama o nazik teklif karşısında kadın kendini toparlıyor, şaşkınlığını üstünden atıyor. Çikolatanın kâğıdını açıp ağzına götürüyor.

"Çok leziz gerçekten, teşekkür ederim. Ambulans çağırdınız mı? Hemen geldi mi?"

"Tabii, hiç vakit kaybetmedik. Elena nabzının atmadığını söyler söylemez 118'i aradım ve on dakika sonra buradalardı."

"Allahtan. Biliyorsunuz, hastaneye epey uzak burası..." diyor Giovanna.

Sergio lafa giriyor: "Hayata döndürmek için ellerinden geleni yaptılar."

"Bazen beş dakika bile fark ettirir..." Kadının ifadesi hâlâ buz gibi.

Elena olan biteni bir kez daha açıklıyor. Mesleği gereği detaylara daha çok giriyor, Adele'yi etkileyen teknik terimler kullanıyor. Kadın ne kadar sarsılmış olsa da, içi biraz rahatlamış gibi. Elena doktor, hasta yakınlarıyla konuşmaya alışık. Kötü haberin nasıl verileceğini biliyor.

"Kardeşiniz ölmeden önce ilaç içmek için su istedi. Sanırım hastaydı."

"Anlıyorum."

Sergio araya girme ihtiyacını hissediyor: "Ama sizi temin ederim, son anlarında hiçbirimize acı çeken biri gibi gelmedi. Biraz kafası karışıktı belki ama neşeliydi, canlıydı..."

"Onu nereye götürdüler?"

"Tiberina Adası'ndaki Fatebenefratelli Hastanesi'nin morguna. İsterseniz size oraya dek eşlik edebilirim."

"Yok, rahatsız olmayın. Onu görmek istemiyorum..."

Hepsi şaşkınlıkla bakıyor kadına.

"En yakın akrabası olarak bir an önce gitseniz iyi edersiniz, zaten polis de arayacaktır sizi. Kişisel eşyalarını da almanız gerekecek sanırım. Kardeşinizin bir çantası vardı," diyor Elena.

"Hiç görmeyeceğim demedim," diye açıklamaya çalışıyor Adele, "Bunun için geldim buraya! Onu canlı görmek için ama..." Kelimeler boğazında düğümleniyor. Birden gözleri kızarıyor. Çantasından beyaz bir mendil çıkarıp burnunu siliyor. "Onun burada, Roma'da, eski evimde olduğunu bilmek bile beni yeterince sarstı. Ama onun cansız bedenini görmek... Yo, hayır, şu an bunu kaldırabileceğimi sanmıyorum. En azından tek başıma değil. Oğlumu bekleyeceğim. Bugün şehir dışında ama yarın dönüyor: Beni götürmesini isteyeceğim."

"Elbette, bize açıklama yapmanıza gerek yok. Rica ederim," diyor Sergio.

Adele konyaktan bir yudum daha alıyor. Tereddüt

dolu bakışları, bir anlığına boş bardağın içerisinde hapsoluyor, sanki bir şey arar gibi, belki de cesaret.

"Burada olduğunu söylemek için aradığınızda neler hissettiğimi bilemezsiniz. Sanki... sanki... geçmişimi yıllarca kilit altında tuttuğum sandık bir anda açılıverdi ve anılarım beni asla dönmek istemeyeceğim bir yere sürükledi.

Bakışları, bir enkaz yığınını süzercesine bardakta sabitleniyor. Kiminle konuştuğu tam olarak anlaşılmıyor. Kendi kendine konuşuyor olsa gerek.

"Elsa çekip gitmişti. Yıllar önce, uzun zaman oldu. Yüzünü hayal meyal hatırlıyorum, ki mutlaka çok değişmiştir... ve o yüz artık yok." Çıt çıkmayan uzun bir sessizlik sonrası konuşmasına devam ediyor: "İstanbul'da yaşadığını biliyordum, ama hepsi bu. Benim için böylesi iyiydi. Bir şey bilmemek yani. Aksi takdirde şimdi daha kötü olurdu. Çok daha kötü. Bir zamanlar ayrılmaz ikiliydik, sonra her şey değişti. Farklı seçimler yaptık."

Susuyor ve huzursuz bakışları odayı dolaştıktan sonra yine pencerede sabitleniyor.

"Tam orada..." kendi kendine mırıldanıyor. "Dünya orada başıma yıkıldı. O günden beri vurgun yemiş gibiyim, sanki soluğum kesiliyor..."

Daha çok şey anlatmak istiyor ama bir şey, belki de aldığı katı terbiye, yabancılarla konuşmaması gerektiği hatırlatarak onu frenliyor. Derinlerindeki yoğun duyguları dalga dalga açığa çıkmak için var gücüyle bastırıyor olmalı, ama o bir yudum konyak yardımıyla hepsini geri itiyor. Sergio ve Giovanna'nın evi satın alırken tanıdıkları kadının soğuk tavrı, şimdi yalnızca bir maske gibi geliyor.

Gelen bir mesaj sesi havadaki gerginliği dağıtıyor. Annamaria Leonardo, Elena ve Giulio hemen cep telefonlarına bakıyorlar. Mesaj Elena'ya, ama yanıtlamıyor. Gerçek dünyaya dönen Adele Conforti saatine bakıyor.

Adele ayağa kalkarak, "Artık burada kalmamın bir anlamı yok. Gitsem daha iyi olacak," diyor.

Sergio, "Acele etmeyin. Büyük bir travma yaşadınız. Biraz daha kalın," diyor.

Elena da ısrarcı: "Bence de, yola çıkmadan önce biraz dinlenin. Bakın doktor olarak söylüyorum bunu."

Giovanna da aynı fikirde: "Ne de olsa burası sizin eviniz."

Giulio ekliyor: "Hem dostlar arasındasınız."

"Kardeşinizi ne yazık ki yeni tanımıştık, ama bize çok özel biri gibi geldi. Size de çok bağlı olduğu belliydi. Sizi görmek için sabırsızlanıyordu. Aranızdaki bunca yıllık sessizlik... neden?" diye soruyor Annamaria.

Aralarında en içten olan o. Birbirlerinden çok farklı, ama yaşamlarını derinden etkileyen olaylarla bağlı bu iki kardeşin hikâyesini öğrenmeye hepsi can atıyor, ama sadece Annamaria bunu açık yüreklilikle dile getiriyor. İki canlı olmak ona cesaret veriyor sanki. Belki de bu yüzden, biraz şuursuzca, diğerlerinin merak edip de soramadıklarını soruyor. Annamaria suskunluk perdesini aralayınca diğerleri de meraklarını gidermeye çalışıyor.

"Evet, neden? Bu evde ne oldu? Bir şeyler oldu, değil mi?" diyor Giovanna. "Bu ev, yani bizim evimiz, uzaklaşmanızda payı olmalı. Yanılıyor muyum?"

"Evimiz," diye tekrarlıyor Sergio. O da oturdukları evin, yıllar önce, çok korkunç şeylere sahne olduğundan kuşkulanmaya başlıyor. Eğer gerçekten öyleyse bunu bilmeye hakları var. Hiç bilmediği ve hiç de hoşlanmadığı bir hikâyenin içine çekildiğini hissediyor. Olan bitenden sonra Signora Conforti'nin en azından bir açıklama yapması gerek.

Kadın hışımla ayağa kalkarak, "Hayır. Gitmem gerek. Özel bir mesele," diyor. Çantasını alıp kapıya doğru yöneliyor, ama sonra duruyor. Gözü, Elsa'nın gönderdiği mektupların durduğu masaya takılıyor. Kısa bir tereddüt ânından sonra onlara dönüyor. "Pekâlâ, hikâyemizi size anlatacağım," deyip oturuyor. "Ama önce bana bir söz vermelisiniz."

Meraklı bakışlar hoşuna gidiyor.

"Anlatacaklarım aramızda kalacak."

İstanbul, 3 Ağustos 1973

Sevgili Adele,

Sana neden yine yazıyorum bilmiyorum. Belki kendim için yapıyorum bunu. Suskunluğun beni yaralıyor, ama bana engel olamıyor. Bu satırları okuyacak mısın bilmiyorum, ama yazarken beni dinlediğini hissediyorum. Nasıl anlatacağımı bilemediğim bir duygu bu, ama zaten gerek de yok, çünkü beni anlayabilecek tek kişi sensin. Şu an sadece ikimiz varız, defne çalısının gölgesindeki gizli sığınağımızda sen ve ben. Sana kısık sesle, aslında hiç görmediğim bir rüyayı anlatıyorum. Seni mutlu etmek için uydurduğum bir rüya ve sen gözlerini açarak soruyorsun: "Eee sonra? Sonra ne oldu?"

Ama bu yıllar önceydi.

Şimdi ise anlatacak o kadar çok şey var ki, hiçbir şey uydurmama gerek yok. Bu gece gerçekten rüyamda gördüm seni. Bebek'teki yalının, Boğaz'ın güvenilmez sularına uzanan iskelesinde. Birlikte geçirdiğimiz son gün giydiğimiz kıyafetler vardı üstümüzde, el ele yalınayak yürüyorduk. Sonra sen elimi bıraktın, iskelenin ucuna gittin ve suya atladın. Olduğum yerde donakalmıştım. Bunun delilik olduğunu söylemek istiyordum sana ama konuşamıyordum.

Ağzım açıktı ama sesim çıkmıyordu. O noktada akıntının çok kuvvetli olduğunu biliyordum, üstelik elbisen hareket etmeni engelliyordu, ama sen karşı kıyıya ulaşmak istermiş gibi kollarını çırpıyordun, sonra birden yok oldun. İşte o an bağırmaya başladım. Ve uyandım. Komodinin üstündeki saat, sabah yedi buçuğu gösteriyordu.

Üç saat önceydi ama uykumdaki o dehşet duygusunu hâlâ üzerimden atamadım. Kökleri eskiye dayanıyor, kurtulmak kolay değil. Savunmasız kaldığım anlarda içimi burkan, düşlerimi kâbusa çeviren ayrılık acısı bu. Gözlerimi açıp yanımda olmadığını fark ettiğimdeki acı. Neredesin? Terk edilmeyi kabullenemeyen birinin endişesiyle soruyorum bunu. Odada seni arıyor ve gördüğümü sanıyorum. Aynanın yanındaki fırçada, komodinin üstünde unutulan kaşıktaki ruj izinde, bir aşk şiirinin yer aldığı açık kitap sayfasında, en sevdiğim ve senin de sevdiğin parfümde.

Demli bir çay, ekmek, beyaz peynir, zeytin ve balla kahvaltı yaptım. Sonra birkaç işi halletmek için dışarı çıkacağım. Anlayacağın, hayat bir şekilde devam ediyor ve her doğan gün, geceleri peşimi bırakmayan hayaletleri kovalayarak, beni korkularımdan arındırıyor.

Bu öğleden sonra bir arkadaşım, Kemal beni almaya gelecek. Ateş kırmızısı Chevrolet Corvette Stingray'i var. Markasını biliyorum, çünkü hava atmak için sürekli söylüyor. Onun zaafı bu. Ama itiraf etmeliyim ki o sürat arabasıyla gezmek benim de hoşuma gidiyor. Bazen, saçlarımız rüzgârda savrulurken amaçsızca dolaşıyoruz. Hiç dile getirmedik ama yoldan geçenlerin hayranlık ve haset dolu bakışları ikimizin de hoşuna gidiyor. İri çerçeveli güneş gözlüğüm ve renkli eşarpla bağladığım geniş kenarlı şapkamla etrafa hava atarken, adeta bir Hollywood yıldızı olduğumu hayal ediyorum.

Kocamı merak ediyorsundur. Ender'le altı ay önce boşandık. Kaçınılmazdı. İlk yılımız fena geçmedi, ama sonra kıskançlıklar, olay çıkarmalar başladı. Aslına bakarsan yürümeyeceğini başından beri hissettiğimi itiraf etmeliyim. Bana göre birisi değildi. Bazen doğru insanı hiç bulamayacağımı düşünüyorum. Gerçek aşkı bulmak, hayatta insanın başına ancak bir kez gelebilecek bir şans. Ve ilk başta büyük bir lütuf gibi görünse de, aslında tersine çevrilmesi zor bir laneti de beraberinde getirir. Ne demek istediğimi anlıyorsun. Dayanılmaz bir lanet.

Ender kötü bir eş olduğundan değil. Seyahate çıktığı sürece ona tahammül edebilirdim, ama zamanla seyahatleri seyrekleşti ve annesiyle bekâr kız kardeşi evimizden çıkmaz oldular. Ayrıca çocuk istemeye başladı.

Zevk düşkünü ve liberal maceracı ününü nasıl yarattı bilmiyorum. Günlük hayatta oldukça öngörülebilir, geleneksel ve alışkanlıklarına bağlı bir adam aslında. Hayli can sıkıcı. Onunla geçen iki yılın, daha kesin olarak bir yıl sekiz ayın sonunda canıma tak etti: Artık bir gün daha katlanamayacak noktaya gelmiştim. Bavulumu toplayıp gittim. Biliyorsun, uzmanlık alanım.

İşin en zor kısmı Bebek'teki yalıdan, o çok sevdiğim bahçeden, Boğaz'a bakan teraslardan ayrılmak oldu. Ama Ender başka seçim bırakmadı bana. Çekemeyenlerin yaydığı, onun beni kovduğu dedikodusu ise külliyen yalan. Gitmemem için diz çöküp yalvardı bana. Aslında en iyisi onun gitmesiydi, ama böyle bir şey söz konusu değildi. Yalı onun üzerineydi, her şey, eşyalar, arabalar, paralar onundu. Hazinesini özenle ördüğü ağın tam ortasında saklayan iri, kıllı bir örümcek gibidir. Ama korktuğum pek başıma gelmedi, sonuçta oldukça cömert davrandı. Artık özgür bir kadınım. Özgür, hali vakti yerinde ve eğlenme arzusuyla dolu.

Taksim Meydanı'na yakın, Tepebaşı'ndaki Büyük Londra Oteli'nde oda tuttum. Geçici bir süreliğine, ama ruh halime çok uygun. Kendimi, kısa bir mola vermek için uğradığı limanda gereğinden fazla kalan bir denizci gibi hissediyorum: Nihayet yeniden sulara açıldım.

Bugün Kemal beni ailesinin yalısına götürecek. Boğaz kıyısında inşa edilen, yıllar boyu güzelliklerini koruyan ahşap eski Osmanlı evlerine yalı deniyor. Aynı Roma kaplıcalarının Bizans döneminde bugünkü Türk hamamlarına dönüşmeleri gibi. Son yıllarda biraz kaybolmaya başlasa da, yüzyıllardır süren çok eski bir gelenektir hamam. Müslümanlar için temizlik çok önemli; temizliği çok önemseyen Müslümanlar, ibadet öncesi mutlaka arınırlar. Mahalle aralarındaki gizli saklı, küçük hamamları severler. Eskiden çoğu evde su akmazken ve banyo yokken çok revaçtaymış bunlar. Aynı zamanda sosyalleşme mekânlarıymış: Orada buluşuluyor ve hatta yemek bile yeniliyormuş. Şimdilerde ise çoğu terk edilmiş durumda. Bir gün kendi kendime gezinirken girdiğim bir sokağın sonunda karşıma tesadüfen hâlâ açık olan bir hamam çıkıverdi. Göz atmak için içeri girdim, ama erkeklere ait bölüm olmalıydı ki yaşlı bir adam çıkmam için beni sertçe uyardı. En azından koridorun sonundaki soyunmalığın bir köşesini görecek vaktim oldu. Tam ortada yer alan taş bir çeşmeden su fışkırıyordu.

Kemal'in yalısı çok güzel olmalı. Boğaz'ın Anadolu kıyısında, Kanlıca'da. Hafta sonunu orada geçireceğiz, belki biraz daha uzun kalırız. Günlerdir üstüme çöken o boğucu sıcak havadan kurtulmak için can atıyorum: Şehir merkezine nazaran Boğaz kıyısı hep esintili, serin oluyor.

Gördün mü bak, isteksiz başlamıştım ama yazmak iyi geldi. Gerçi beni bu kadar korkutmana hiç gerek yoktu ama, yine de iyi ki rüyama girdin. Yoksa seni bu kadar yoğun hissetmez, her zamanki gibi yokluğunun hüznüyle uyanırdım. Günüm daha üzgün geçerdi.

Biraz önce otelin koridorundan bana seslendiğini duyar gibi oldum: Yüreğim ağzımda kapıyı açtım, ama asan-

söre doğru giden iki arkadaştı sadece. Çılgınca gelse de, hayal kırıklığına uğramadım. Benim için yine de bir işaretti. Varlığının işareti.

Söz veriyorum, bir daha bu kadar uzun süre habersiz bırakmayacağım seni. Ama lütfen sen de kendinden haber ver.

Kardeşin

"Küçükken annemin bizi birörnek giydirme huyu vardı. Zevkle benimsediği eski bir âdetti. Çiçek desenli, bal peteği elbiseler, işlemeli gömlekler, *pied de poule* kolsuz askılı giysiler, beyaz soket çoraplar, atkılı rugan ayakkabılar... Saç kesimimiz de aynıydı, omuz hizasında, kâküllü. Tek fark benim saçımın dalgalı, Elsa'nınkinin ise dümdüz olmasıydı. Dayatılan bu kimliksizlik ikimize de acı verirdi. Üniformayla dolaşmak gibiydi. Oysa bizim, aramızdaki bağın ne kadar kuvvetli olduğunu hissetmek için, böyle benzer görünmeye ihtiyacımız yoktu.

Bizi ikiz sanıyorlardı. Boyumuz da aynıydı: Ben iki yaş büyüktüm ama Elsa boyuma gelmişti. Bahçedeki gül ağacının önünde çekilmiş bir fotoğrafımız var: Üstümüzde, eteği volanlı, balon kollu, aynı yazlık elbise. Ele ele tutuşmuş, ciddi bir ifadeyle kameraya bakıyoruz; annemiz gülmemizden hoşlanmazdı zira her tür mutluluk göstergesi onun için günahtı sanki. Ama o fotoğrafta gözlerimizin içi gülüyor. Fotoğrafı çeken babamdı. Ona adeta tapardık."

Adele Conforti gözlerini halının desenine dikmiş susuyor. Anılarında kaybolmuş gibi. Salondalar. Sergio onu, en sevdiği, en rahat koltuğa oturttu, diğerleri de etrafında, kimi kanepeye, kimi iskemleye, kimi de yerde minder üstüne oturdu. Ağzının içine bakıyorlar ama o sanki farkında değil. Elini yine saçlarına götürüyor, serçeparmağındaki yüzüğü inceliyor. Zaman kazanıyor. İçindeki kuşkular kafasını karıştırıyor. Sırrını hiç tanımadığı bu insanlarla paylaşmayı gerçekten istiyor mu? Elli yıldır kendinden bile sakladığı gerçeğin ne kadarını anlatabilir?

Bir cep telefonu çalıyor. Giulio'nunki.

"Selam anne, yok, Sergio ve Giovanna'lardayız hâlâ... tamam. Evet, ama kapatmam lazım, meşgulüm. Konuşamam... sonra anlatırım." Giulio telefonu kapatıyor. Mahcup bir tavırla özür diliyor: "Affedersiniz, annemdi. Kendini iyi hissetmediği için sürekli arıyor ama sessize aldım telefonu, bizi artık rahatsız etmez." Tereddütle Adele'ye gülümsüyor. O da çok genç değil sonuçta, alınmış mıdır acaba? Kendiliğinden gelen anıların bu akışını kesmemiş olmayı umuyor. Kadın gülümsemesine karşılık veriyor: Giulio'da onu devam etmeye teşvik eden bir bakış seziyor. Yargılamayan ama dinleyen bir nezaket.

"Viterbo dışında oturuyorduk. Babam askerî okulda eğitmen subaydı. Öğrencilerine karşı çok katıydı, evde ise çok yumuşak. Hatta gereğinden de fazla: Annemin sert karakteri altında eziliyordu. Belki bu yüzden evden uzak kalmak için fırsat kollar, zamanla biz hariç hiçbir ortak noktası olmadığını anladığı o huzursuz, karanlık ruhlu kadınla bizi bir başımıza bırakırdı.

Annem sevgisiz hatta acımasız bir kadındı. Uzun boyu ve kemikli yapısıyla herkeste kötü bir etki bırakırdı. Kendinde bile, nitekim belirli aralıklarla korkunç bir migren ağrısı çekerdi. Bu krizlerin ne zaman geleceği belli olmazdı. Geldiğinde de odasına kapanır –annemle babam ayrı odalarda yatıyordu– saatlerce karanlıkta yatardı. Normal zamanda da gürültüye aşırı duyarlıydı, ama krizi tuttuğunda, ki bu günler sürebilirdi, sinek vızıltısı bile duymak istemezdi. Bir kahkaha, merdiven gıcırtısı ya da hafifçe kapanan çekmece, en ufak bir gürültüye tahammülü yoktu. Elsa ile ben o zaman ondan mümkün oldukça uzak durur, yalınayak dolaşır hatta bazen işaret diliyle ya da kulaktan kulağa fısıldayarak iletişim kurardık. Sürekli bizi duyacak korkusuyla yaşardık. O baş ağrıları gerçekten fiziksel bir rahatsızlığın mı, yoksa mutsuzluğunun sonucu muydu, bilmiyorum. Annem mutluluğu hayatından, dolayısıyla da bizim hayatımızdan silip atmıştı.

Elsa ile ben birbirimizden başka kimsemiz olmadığını kısa sürede anlamıştık. Ailede bulamadığımız sevgiyi, uydurduğumuz oyunlarda, birbirimize anlattığımız hikâyelerde arıyorduk. Bahçede, büyük bir defne çalısının arkasında, gizli bir yerimiz vardı. Güzel havalarda oraya sığınır ve saatler geçirirdik. Kimse de bunu umursamazdı zaten. Ayak altında olmamamız annemin işine gelirdi. Gereksiz konuşmalarla onu rahatsız etmediğimiz sürece nerede olduğumuzun bir önemi yoktu.

Bir gün, yine çalının yaprakları arasında gizlenerek oturmuş, oyuncak bebeklerimizi doyurmak için bir tabağa toprak doldururken Elsa, aklına müthiş bir fikir gelmiş gibi durdu.

'Birbirimize söz verelim!' dedi.

'Ne sözü?' diye sordum ilgisizce. İki yaprağın arasına giren sarı bir kelebeği yakalamaya çalışıyordum.

'Hayat boyu hiç ayrılmayacağımıza ve birbirimizi hep seveceğimize söz verelim. Sonsuza kadar,' diye yanıtladı ciddi bir tonla."

"Ama elli yıl görüşmedik dediniz! Bu nasıl oldu?" diye mırıldanıyor Annamaria.

Diğerleri dönüp ona bakıyor.

"Doğru bir noktaya parmak bastın canım," diyor Adele. "Henüz gençsin, bilemezsin. Hayat bazen öyle gaddardır ki, verilen en önemli sözlerin bile hiçbir hükmü kalmaz. Gelgelelim o öğleden sonra, inan bana, kardeşim ve ben bir ömür birlikte olacağımıza gerçekten inanıyorduk. Çalının arkasında iki kere elimizi ters sıktık. Kendi kendimize icat ettiğimiz bir ritüeldi bu. Sanki gizli görevi olan iki küçük savaşçıydık. On ve on iki yaşlarındaydık, hayatı oyun sanıyorduk. Yine de sözümüze uzun süre sadık kaldık ve bu bizi daha da güçlü kıldı. Ta ki kader bizi sınayana kadar.

Yıllar akıp gitti, çocukluktan genç kızlığa geçtik, sonra birer genç kadın olduk ve aramızdaki bağ her zamankinden güçlüydü. Annemin migreni de karamsarlığı da gitgide kötüleşirken, babamız bizden daha da uzaklaşır olmuştu. Ama biz birbirimize yetiyorduk. Artık kimse ikiz zannetmiyordu bizi: Kişiliklerimiz oturmaya başlamıştı. Elsa ne kadar idealist, yaratıcı, ama aynı zamanda insanların yanında çekingen ve güvensizse, ben o kadar dışa dönük, pratik, hayatın nimetlerinden faydalanmaya kararlıydım.

Yirmi yaşında, o zamanlar bir kadının kaderini değiştirebilecek, onun şansı –ya da felaketi– olabilecek şeyi keşfettim. Birden çok güzelleşmiştim. Erkeklerin bakışı üzerimdeydi. Arzu uyandırıyordum. Onların üstünde garip, heyecan verici bir gücüm vardı. Elsa da güzeldi. Ama henüz bunun farkında değildi. O âna dek yalnızca ikimize ait olan sırça köşkümüzdeki ilk çatlak işte böylece meydana gelmişti.

Acılar içinde yaşamayı fazlasıyla benimsemiş olan annem, gözlerden uzak bir yaşam sürüyordu. Askerî okulda görevli babam ise terfi etmişti ve sık sık resmî törenlere, partilere davet ediliyordu. Elsa ile ben büyüyünce bu davetlerde ona eşlik eder olduk. Nihayet, evdeki o kasvetli havadan çıkıp masum dedikodular, içkiler, pastalar, müzik ve (büyüklerin katı denetimi altında) eşli danslardan oluşan o renkli ortamlara girme fırsatını buluyorduk. Evden çıkmak babama da iyi geliyor, rahat bir nefes alıyor, kendini yeniden doğmuş gibi hissediyordu. İlk başlarda annem, günaha davet çıkardıklarına inandığı partilere gitmemizi engellemeye çalışmıştı. Ama sayemizde kendisi davetlere katılmaktan kurtulduğu için sonunda boyun eğdi. En başta gardırobumuzu yenilememiz gerekti, zira diğer davetlilerden aşağı kalmamalıydık. Elsa'yla birlikte, usta bir terzinin yardımıyla, moda dergilerinde gördüğümüz elbiselerin benzerlerini diktirmek için işe koyulduk.

Artık tamamen farklıydık ama hâlâ ayrılmaz ikiliydik. İster davet olsun ister dondurma yiyerek meydanda dolaşmak, her yere birlikte gidiyorduk. İnsanlar bizi yan yana görmeye o kadar alışmıştı ki hani neredeyse bizi tek bir kişi gibi görüyorlardı. Adımızı 'Güzel Kardeşler' koymuşlardı. Fazla arkadaşımız yoktu, birbirimize yetiyorduk. Hayranlarımız çoktu ama. Ben birkaç evlilik teklifi bile almıştım; biri bana göre fazla yaşlı bir duldan, biri de babamın bana layık görmediği bir öğrencisinden. Elsa'ya da babamın, yüzü çiçekbozuğu, pısırık mı pısırık bir iş arkadaşı talip olmuştu. Teklifi Elsa'yı dehşete düşürdü, ama babamın bile onu ciddiye almadığını öğrenince çok eğlenmiş, gülmekten kırılmıştık. Günler geçiyor ve biz giderek güzelleşiyor, göz kamaştırıyorduk. Dünya ayaklarımızın altındaydı sanki.

Babam komutanlığa terfi etti ve ordudaki görevleri arttı. Sık sık Roma'ya gidiyor, kasabadaki davetlere eskisi gibi katılamıyordu. Ne var ki biz hayatımıza devam ediyorduk. Babamın bizimle yaşamaya başlayan bekâr kuzeni Giustina Hala eşlik ediyordu artık bize. Kısa boylu, matruşka bebek gibi tostoparlak Giustina Hala'nın gözü, o çok sevdiği tatlılarla pastalardan başka bir şey görmüyordu. Bu yönüyle her genç kızın hayallerindeki refakatçiydi: dalgın, saf ve alabildiğine zararsız.

Ağustos ayının bir öğleden sonrası Giustina Hala'yla birlikte, Viterbo'nun en saygın ailelerinden birinin villasına gittik. Tanınmış bir noter olan ev sahibi, bir okul arkadaşımızın babasıydı. Küçük kızları on sekiz yaşına basıyordu ve aile doğum gününü büyük bir partiyle kutlamak istemişti. Genelde bu tür davetlere pek ilgi göstermeyen Elsa bile çok heyecanlıydı. Bense, üç hafta yatağa düşüren, iki parti davetini geri çevirmeme neden olan –ki ne hikmetse kardeşim halamla gitmişti– ağır bir bronşitten yeni kurtulmuştum, dolayısıyla o zoraki tecrit sona ereceği için çok mutluydum.

Davet villanın bahçesindeydi, bembeyaz perdeler ve rengârenk çiçek aranjmanlarıyla süslü bir çardağın altı. Konuklar orkestranın çaldığı vals eşliğinde karşılanıyordu. Ağaçların alçak dallarına küçük sarı fenerler asılıydı. Ortam öyle etkileyiciydi ki."

Gözlerinde o anının güzelliği canlanan Adele susuyor. Bakışları hülyalı. Zamanla hafif bir perde inen gri gözlerinde sanki bir alev, rüzgârın etkisiyle dans ediyor. Sarı fenerin içinde küçük bir alev.

"Ne hoş! Ben de o partideyim sanki!" diye haykırıyor Annamaria, acı çeker bir ifadeyle kanepedeki pozisyonunu değiştirirken. Hareket eden bebeğin bastırdığı nokta canını acıtıyor.

Yanında oturan Giulio, "Masaj yapmamı ister misin?" diye soruyor.

"Yok, geçiyor. Yastığa yaslanmak iyi geldi."

Annamaria, kanepenin diğer ucunda dalgın dalgın oturan Leonardo'ya bakıyor. Yanaklarının hafifçe kızarması Giovanna'nın gözünden kaçmıyor. Belki de hamilelikte yaşanan tipik hormonal gelgitlerin sonucudur.

"Hangi yıllardı?" Soru, az önce gördüğü ya da gördüğünü sandığı şey hakkında kafa yormaktan vazgeçen Giovanna'dan geliyor.

"1967 yazıydı canım," diye yanıtlıyor Adele. "29 Ağustos 1967. Hayatım boyunca unutmayacağım bir tarih. Her şeye rağmen."

Kadının gözlerinde kasvetli bir bakış beliriyor. Gözlerindeki ateş sönmüş. Herkes o gün böylesi vahim ne olmuş olabilir diye merak ediyor, ama kimsenin ağzını bıçak açmıyor. Gerek de kalmıyor zaten, o hemen açıklıyor.

"Yirmi beş yaşındaydım, Elsa da yirmi üç. Çiçeği burnunda, çok alımlı genç kızlardık, içimiz yaşama aşkıyla doluydu. Günlerdir o parti için hazırlanıyorduk: Mevsimin en çok konuşulan daveti olacaktı. Çok şıktık. Ben gülkurusu şifon bir elbise giymiştim. Elsa'nınki ise küçük mavi çiçek işlemeli beyaz kumaştandı. Kadın erkek yanımızdan geçen herkes bize hayranlıkla bakıyordu. İçeri yeni girmiştik ki uzun boylu, esmer, çelik bakışlı bir adam yanımıza geldi. Geniş alnında ince bir çizgi vardı."

Adele bir an için susuyor ve Leonardo'yu inceliyor.

"Sen bana onu hatırlatıyorsun. Adın ne demiştin?"

"Leonardo."

"Evet, Leonardo: Gözlerinde ve çene yapında onu çağrıştıran bir şey var. Kaldı ki hemen fark edilen bir tipti. Sanki özel bir ışık yayıyormuş gibi, kalabalık davetli topluluğu arasında göze çarpıyordu. Elsa'nın onunla bir hafta önce, hastalığım nedeniyle katılamadığım davetlerden birinde tanıştığını öğrendim. Kendini bana da tanıttı. Adı Vittorio De Pascale'ydi, avukattı. Simsiyah gözleri gizemli bir ışık saçıyordu, burnu hafif kemerli, dudakları dolgun, dişleri inci gibiydi. İnce, uzun boyluydu, yazlık ceketin içine giydiği dar gömlek adaleli vücudunu ortaya çıkarıyordu. Gördüğüm en çekici erkekti.

Vittorio, Roma'da yaşıyordu ama teyzesinin o civarlarda bir evi vardı ve ev sahibinin aile dostuydu.

Baştan çıkarıcı gülümsemesiyle beni büyülerken, 'Kardeşiniz çok bahsetti sizden. Bilseniz neler anlattı hakkınızda...' dedi göz kırparak.

Bakışlarımda tereddüt sezince de ekledi: 'Merak etmeyin, sadece güzel şeyler.'

O ânı hiç unutmayacağım. Bakışları içime işliyordu ve sanki önünde birdenbire çıplak kalmışçasına kıpkırmızı kesilmiştim.

Elleri büyük ve güçlüydü. Elimi sıkarken içimi hiç bilmediğim bir ürperti kapladı. Aşkla ilgili hiçbir şey bilmiyordum henüz. Ne kadar tatlı ama aynı zamanda ne kadar acımasız olabileceği hakkında hiçbir bilgim yoktu.

Vittorio bize içki almak için uzaklaştı; döndüğünde ayrılmaz olduk. Öyle bir an gelmişti ki sanki orada ikimizden başka kimse yoktu. Elinde içkisi sohbete katılmaya çalışan Elsa, davetliler, müzik, fenerler, çiçekler... her şey, herkes yok olmuştu. Gezegende sadece biz vardık.

Sonra ev sahibi yanımıza geldi ve onunla hukuki bir meseleyle ilgili konuşmaya başladı. Vittorio'nun canı bu duruma sıkılmıştı ve bunu gizlemekte zorlandı. Benimle konuşmayı yeğlediği belliydi. Nazikçe kurtulmaya çalışırken, tüm hayranlığımla yanında kaldım. O adamı tüm benliğimle istiyordum. Beni dansa kaldırıp sımsıkı sardığında kokusuyla sarhoş olup soluksuz kaldım. Kendimi kollarına bıraktım. Bütün gece rüya gibiydi: Onunla konuşuyor, onu dinliyor, her dediğine aptal gibi gülüyordum. Daha ilginç görünmek adına, o an uydurduğum sırlar anlatıyordum. Kalbim bana ait değildi artık. Yabancı bir bedendeydi, sadece Vittorio için atıyordu. Göğüskafesimin hizasında bir sızı hissettim: Yılanınkini andıran o soğuk ama alabildiğine çekici gözleri beni yavaş yavaş tüketiyor, canlı canlı yiyordu sanki."

Susuyor ve kelimeleri havada asılı kalıyor. Yüzü değişmiş gibi. Bir an için kırışıklar sanki kayboluyor ve âşık bir genç kızın yüzü beliriyor. Ya da en azından, karanlıkta dans eden ve tam sönecekken tekrar canlanan bir alevi seyreder gibi büyülenmiş bakışlarla onu izleyen altı arkadaşa öyle geliyor.

İstanbul, 15-16 Eylül 1973

Sevgili Adele,

Gündelik hayatıma döneli birkaç gün oldu ve sözüme sadık kalarak, elimde kalem sana son gelişmeleri anlatmak için hazırım. Kemal'in Kanlıca'daki yalısına bir hafta sonu için gitmiştik, ama bir aydan fazla kaldık! Her gece, ahşap parkelerin gıcırtısı ve iskeleye vuran su seslerinin ninnisiyle uyumadan önce artık evlerimize dönme vakti geldi diyorduk birbirimize. Arkadaşlarımızın kayıp başvurusu yapmasından endişe ediyorduk. Birlikte olduğumuzu kimse bilmiyordu, ama ikimizin de aynı anda ortadan yok olması muhakkak kuşku uyandıracaktı, ki bu da büyük bir skandal demekti. Kemal, Paris'te sanat eğitimi alan ve son sınavlarına hazırlanmak için bu yaz Fransa'da kalan Sevgi adında bir kızla nişanlı. Düğün tarihi resmî olarak henüz açıklanmadı ama önümüzdeki ilkbahar evlenecekler.

Ne var ki sabahın ilk ışıklarıyla birlikte endişelerimiz yok oluyordu. Geç açan çiçeklerin kokusunun karıştığı deniz havası, suları dalgalandıran esinti, gökyüzünde geniş daireler çizerek uçan martılar, günün güzel geçeceğini müjdeleyen güneş, her şey bizi kalmaya davet ediyordu.

Lakin her güzel şey er ya geç son buluyor: Ve işte buradayım, artık daimi konuğu olduğum Büyük Londra Oteli'nde.

Belki asla bilmeyecek ama bilseydi Sevgi bana müteşekkir olurdu: Bu süre zarfında Kemal affedilemez eksikliklerini ziyadesiyle tamamladı ve artık bir kadını tatmin edebilecek durumda. Evet, hiç şüphe yok ki onu mutlu edecek. Aşk asil ve saf bir duygu olabilir, tutkuyu doya doya yaşamak içinse ruhunu kirletmen gerekir. Boğazına kadar çamura batmalı, günahın zevkini tatmalı, yasakları delmeye cüret etmelisin. Hatta yeri geldiğinde ihanet etmekten de korkmamalısın.

Gösterişli Corvette'iyle şehir merkezine dönerken, Kemal sürekli beni sevdiğini söylüyordu. Sevgi'yle ayrılmaya, bir hayli gelenekçi olan ailesine bile karşı gelerek benimle nişanlanmaya hazırdı. Genelde yarış pilotu gibi kullanır arabayı, ama bu kez kaplumbağa hızıyla yol aldık; Taksim'e, Büyük Londra Oteli'ne yaklaştıkça araba öyle yavaş gidiyor, zaman öyle yavaş akıyordu ki sanki ayrılmamıza karşı olan bir güç fikrimi değiştirmem, teklifini kabul etmem için ona yardım ediyordu.

İyi bir çocuk, ama ben başka bir flört, ilişki ya da evlilik istemiyorum. Özgürlüğümü yeni kazandım ve bedeli bir hayli ağır oldu. Bundan vazgeçmeyeceğim. En azından bu kadar çabuk... Evlendiğinde metresi olacağımı söyledim, teselli etmek için. Aslında pek rahatlamadı. Belki de, her halükârda ona sadık kalmayacağımı biliyor: Böyle bir söz vermemeyi artık prensip edindim. Kemal aslında istemedi bunu benden ve ben de konuyu bir daha açmamaya dikkat ettim.

Yazarken bu dünyada bazı şeyleri itiraf edebileceğim tek kişinin sen olduğunu fark ettim. Dario'yla bu denli açıksözlü, samimi olamam. Kadın arkadaşlara gelince, zaten yoklar. Hiç olmadılar, küçükken bile. Sen varken ne gerek vardı ki onlara? Her şey başlamadan önce nasıl da ayrılmaz ikiliydik, hatırlasana. Sanki bu dünyada sadece ikimiz vardık ve hiçbir şey bizi ayıramazdı.

Bu akşam bir ressam arkadaşımın sergi açılışına gide-

ceğim. Olağanüstü bir sanatçı, lakabı "renklerin şairi". Bir tablosunu satın almak isterim, fiyatlar abartılı değilse tabii. Galeri Nişantaşı'nda, otelime yakın sayılır. Dario'yla orada buluşacağız: Planımız sergiyi dolaşıp sonra yemeğe gitmek. Yazdan beri görmüyorum onu. Telefonda müthiş bir haberi olduğunu söyledi, öğrenmeye can atıyorum. Âşık mı oldu acaba? Merak içimi kemiriyor.

Şimdilik bu kadar. Yarın yine yazarım.

Saat gecenin biri ama uykum yok. Uykuya dalmak için fazla gerginim. Otele gelince soyundum, geceliğimi giydim, bir bardak soğuk su içtim ve... acaba Roma'ya dönme zamanı geldi mi diye düşündüm. Bu yüzden içimden sana yazmak geldi. Huzursuzluğumu senden başkası anlayabilir mi dersin? Bunca yıl bir kez bile özlem duymadım. Asla. Ta ki Dario, pürneşe, İstanbul'daki görevinin sona erdiği ve Roma'ya döneceği haberini verene kadar. Ocak ayında konsolos yardımcısı göreviyle New York'a gidecek. Bu, kariyeri için harika bir fırsat. Anlayacağın vereceği müthiş haber buymuş. Sadece benim gibi saf bir romantik konuyu aşka bağlayacağını düşünebilirdi!

Özlem tükendi mi yoksa hiç mi yoktu, emin olamıyorum. Aslına bakarsan İtalya'ya dönmeye hiç niyetim yok. Hissettiklerim sadece hayal kırıklığından ibaret. Nasılsa bir gün kaybedeceğim duygusuyla, beni uğruna mücadele verdiğim her güzel şeyden vazgeçmeye iten derin bir hayal kırıklığı. Belki de bunun altında kendine zarar verme dürtüsü vardır.

Evet, yaralıyım. Kendimi aldatılmış, terk edilmiş hissediyorum. Bunun ne demek olduğunu sen de gayet iyi bilirsin. İnsanlara bağlanmak çok zor, bağlandığın zaman da gidiyorlar işte.

Dario için bu bir fırsat, mutluluğunu elbette anlıyor ve

paylaşıyorum. Hem dünyanın çeşitli yerlerine gitmek onun işinin gereği. Ama arkadaşına, birkaç gün sonra hayatından çekip gideceğini söylerken biraz daha ince olabilirdi. Bana sık sık yazacağını, yerleşir yerleşmez beni New York'a davet edip birlikte Manhattan'daki büyük mağazalarda alışveriş yapmaya götüreceğini, beni görmek için yılda en az bir kere İstanbul'a geleceğini de söyledi. Vicdan azabıyla bu tutulması zor sözleri verirken, ikimiz de tek kelimesine inanmıyorduk. Kim bilir kaç şehir ve ev değiştirecek kariyer sahibi bir diplomatın, geride bıraktığı ilişkileri sürdürmeye vakit bulması zor ne de olsa... Bizi bir araya getiren kader, şimdi bizi ayırıyor ve yapacak bir şeyimiz yok.

Hiç duygulanmayan ben ağlamaya başladım, onun da gözleri kıpkırmızıydı. Bir restorandaydık ve yan masalardan acıyarak bakıyorlardı bize. Kavga eden iki sevgili rolü yaptığımız gün gibiydi, sadece bu kez gözyaşlarımız gerçekti.

Moralimi düzeltmek, neşelendirmek için elinden geleni yaptı, New York'a gittiğimde Waldorf Astoria'da yemek yemeye, Plaza'da içki içmeye gideceğimizi söyledi. Onun, saf ve aynı zamanda şımarık Audrey Hepburn'u olacaktım: siyah kalem elbise, pırlanta küpeler, ensede toplu saçlar.

O da beni bıraktığı için üzülüyor, biliyorum. O da mutluluğu içinde mutsuz. Ama hırsımı Dario'dan almazsam, kime öfkeleneceğim?

Seni dertlerimle sıktığım için özür dilerim. Bazen, neler yaptığım, neler hissettiğim, nasıl yaşadığımla hiç ilgilenmek istemeyeceğini unutuyorum.

Affet beni, yine hüzün kapladı içimi. Senin de beni düşündüğünü biliyorum, her ne kadar bunu kabullenmesen de. Belki Dario'ya, Roma'ya gittiğinde seni aramasını söylerim (bu satırları yazarken çoktan pişman oldum, ama silmeyeceğim).

Haberlerini almak umuduyla,

Elsa'n

"Bademli bisküvileri nereye koyduğumu hatırlıyor musun?"

Hayır, Sergio hatırlamıyor. Aslına bakılırsa evde bisküvi olduğunu bile bilmiyor.

"Teneke kutuya baktın mı, her zaman koyduğun yere?"

Kocası sırtını döndüğü için onu göremese de Giovanna yüzünü buruşturuyor. Sergio son zamanlarda çok dalgın. O kutuyu atalı aylar oldu; paslanmaya başlamıştı. Ve bunu ona söylediğinden gayet emin. Üstelik herhangi bir kutu değildi. Prag'da bir bitpazarından almışlardı. İlişkilerinin ilk dönemleriydi ve birlikte çıktıkları en romantik seyahatti. Açık mavi ve altın rengi desenli, kırmızı güzel bir *vintage* kutuydu, onu attığına çok üzülmüştü ama yapacak bir şey yoktu. Fazlalıkları evde tutmaya karşı: İşe yaramayan, gereksiz her şey tereddütsüz çöp kutusunu boyluyor. Mucizevi düzenleme ve toplama gücüyle Marie Kondo[1] bu huyundan hiç hoşlanmazdı herhalde, annesi de sık sık aynı şeyi söylüyor.

1. 1984 Tokyo doğumlu ev düzenleme uzmanı ve yazar Marie Kondo, kendisini dünya çapında üne kavuşturan "KonMari" tekniğiyle ev ortamındaki dağınıklıkları işlevsel şekilde ortadan kaldıracak ve yaşam alanlarında değişim yaratacak yöntemler önermektedir. (Ç.N.)

Sergio'nun nesi var? Eskiden olsa gözünden hiçbir ayrıntı kaçmazdı. Giovanna birden onun mutfakta bir yabancı gibi dolaştığını fark ediyor. Buzdolabının kapağının gerisinden bakıp dalgın ifadeyle gülümseyen düşünceli, ilgisiz bir adam. Beyninde birden kendisini aldattığı düşüncesi beliriyor ve bu onu, kaçmak istediği bir gerçekle yüzleşmeye zorluyor. Sergio'nun hayatında başka bir kadın var, bunu hissediyor. Ve kalbine bir bıçak saplanıyor. Nasıl olabilir? Nefesini tutuyor: Onun kendisine böyle acımasızca sırtından vurması imkânsız gibi geliyor. Acı çekmesini umursamaması. Sergio portakal suyu şişesini masaya koyup yaklaşıyor ve elini karısının yüzüne doğru uzatıyor.

"Dur, küpen sıkışmış." Sonra onu yanağından öpüyor.

Ne kadar aptalım, diye düşünüyor Giovanna. Ne kadar aptal! Kendini aklı başında, mantıklı, kıskançlık nedir bilmeyen bir kadın sanırdı. Neden böyle kötü bir fikre kapıldı? Onun tarzı değil bu. Sırf eski bir bisküvi kutusunu attığını unuttu diye kocasından nasıl şüphelenebildi? Saçmalık. Ona sarılıyor, kocası hep çok güzel kokar. Sergio hayatının aşkı, sabahlarını aydınlatan gülümseme, kafasındaki tüm karanlık bulutları dağıtan öpücük, mükemmeliyetçiliğinin zedelendiği, her şeyin kontrolünü kaybettiğini sandığı zor anlarda onu ayakta tutan okşayış. Kararlılığı, güvenilirliği ve direnciyle Sergio, hayatının hep temel direği oldu.

Kollarından sıyrıldığında, Giovanna kendini uzun bir hastalıktan kurtulmuş gibi hissediyor. Ama yara henüz tam olarak iyileşmedi. Hâlâ sızlıyor. Şimdi kalın bandajlarla saracak onu. Yarayı yok sayacak.

Peçeteleri alıyor ve rafın diplerinde, pirinç kutusunun arkasına düşen bisküvileri buluyor. Ve Signora Conforti'nin beğeneceğini düşünerek desenli küçük bir ahşap tepsiye bisküvileri diziyor. Onun adına endişelendiği için bisküvi ikram edecek, çünkü Sergio aç acına ona biraz daha konyak ikram etti ve çikolata alkolün etkisini azaltmak için hiç de yeterli değil. Zavallı kadın! Yüzüne su çarpmak için banyoya gitme bahanesiyle ara verdi belki de. Tam da bunu söyledi. "Yüzüne su çarpmak." Giovanna bu deyimi sadece 1950'li yıllara ait filmlerde, tacizcilerden kurtulmak için restoran tuvaletlerine sığınan kadınların bahanesi olarak duymuştu. Acaba Vittorio da bir tacizci miydi?

Adele'nin biraz soluklanmaya, kardeşiyle buluşamamanın yarattığı o derin hayal kırıklığını biraz hafifletmeye ihtiyaç duyduğuna inanıyor. Her zaman neyin doğru olduğunu bildiğine inanan Giovanna, şeker yüklemesinin işe yarayacağını düşünüyor.

"Ne yapıyorsunuz?" diye soruyor Leonardo. Arkasından iş çeviriyorlarmış gibi kuşkulu bir ifadeyle mutfağa yanlarına geliyor.

Sergio, "Senden hoşlandığı için Signora Conforti ile seni yalnız bırakmayı düşünüyorduk!" diye dalga geçerken Leonardo'nun poposuna hafif bir şaplak atıyor.

Leonardo sanki sarsılmış gibi, tuhaf tuhaf bakıyor ama cevap vermiyor. Giovanna onun zoraki güldüğünden emin: Kendisi espri yapmayı sever ama ona yapılmasından nefret eder. Eninde sonunda onunla konuşacak. Hatta Sergio'dan konuşmasını isteyecek. Erkek erkeğe daha iyi olur. Dostlar ne gün içindir ki? Leonardo, aile birliğinin bozulmaması için Annamaria'ya olan tavrını değiştirmeli. Biri ona bunu söylemeli ve Sergio kuşkusuz en doğru kişi. Ona söz geçirebilecek tek kişi. Leonardo baba olmak üzere, bu gizemli, delişmen, asi tavırlarından vazgeçmeli artık. Ayaklarının yere basmasının, sorumluluklarını üstlenmesinin vakti geldi.

Belki fazla takıyor kafasına, aslında onu ilgilendirmeyen bir mesele, ama duyduğu öfke onu huzursuz ediyor. Arkadaşının düşüncesizlikleri onu "diğer" düşünceden uzaklaştırıyor. Bisküvileri tepsiye yerleştirmekle bu kadar meşgul olmasa ve gözlerinin önündekini kaçırmasa Leonardo'nun aslında ne kadar gergin olduğunu fark edebilir. Koridorda Sergio'nun peşinden gittiğini de... Arkasını dönse ikisinin hızla yatak odasına girdiğini, sonra da mutlu bir şekilde çıktıklarını görürdü. Hatta belki Sergio'yu, "Delisin sen..." diye fısıldayıp Leonardo'yu boynundan öperken de yakalardı, tam da Signora Conforti banyodan çıktığı sırada.

Ama hayır. Hiçbir şey görmedi, duymadı. Bisküvi tepsisini salona götürüp mükemmel ev sahibesi edasıyla ikram ediyor. Sergio ve diğerleri oldukları yerde duruyorlar.

"Onu tanıdığımda Vittorio otuz bir yaşındaydı." Adele, cesaretini toplamak istermişçesine konyağından bir yudum daha alıp anlatmaya devam ediyor. Kenarında ruj izi olan bardağı yanına doğru çekiyor. Sağ parmağındaki iri yüzük cama çarpıp ses çıkarıyor. "Roma'da medeni hukuk davalarına bakan bir büroda çalışan, kariyeri oldukça parlak, başarılı bir avukattı. Sinema dünyasıyla da haşır neşirdi, en azından o gece bana böyle söyledi. Aslında durum farklıydı, ama bunu çok sonraları anladım. Çekici olduğunun bilincindeydi ve amaçları uğruna karizmasını kullanmaktan çekinmezdi. Her kelimesi, her bakışı, her hareketiyle sanki bir şeyler vaat eder, ama nadiren güven verirdi. Tavırları öylesine büyüleyiciydi ki, seni istediği her yere peşi sıra sürükleyebilirdi. Hatta cehenneme bile, çünkü onun yanında cennet gibi gelirdi.

Nişanlandığımızda, montürü beyaz altın, zümrütlerle çevrili pırlanta bir yüzük hediye etti bana. Yedi yaşındayken kaybettiği annesinin yüzüğü. Parmağıma biraz büyük gelmişti, bu nedenle küçülttürmek için kuyumcuya götürmek istediğimi söyledim. Çok değerli bir mücevherdi ve kaybetmek istemezdim. Bir hafta sonra babam, annemin direncini kırarak bizim için küçük bir nişan töreni düzenledi ve Vittorio harika bir demet manolya ve en sevdiğim renk olan kırmızı düğün çiçeğiyle geldi. Roma'nın Parioli semtindeki en şık çiçekçiden sipariş ettiğini söyledi.

'Çok güzeller, Vittorio!' diye haykırarak boynuna atladım.

Ama beni uzaklaştırdı. Birden buz kesmişti. 'Yüzüğün nerede?'

'Hâlâ kuyumcuda. Büyük geldi hatırlarsan. Küçülttürmeye verdim. Ne yazık ki ancak perşembeye hazır olacak...'

'Annemin yüzüğüydü. Benim için anlamını biliyorsun. Bilerek yaptın değil mi?'

'Bunu nasıl söylersin? Ne yazık ki kuyumcu...'

'Hayatının en önemli gününü mahvettin. Seni tebrik ederim!'

Parti boyunca yokmuşum gibi davrandı. Perişan olmuştum, mahcup ve kırgındım. Ama mutluymuş rolü yapmalıydım, yoksa bizimkiler ne düşünürdü? Ona her yaklaştığımda Vittorio benden kaçıyor ve bunu kimsenin fark edemeyeceği şekilde yapıyordu. Elsa'yla şakalaşıyor, halama iltifatlar ediyordu, annemi bile yumuşatmayı bilmişti, esprileriyle güldürüyordu. Sonra babam pikaba bir plak koydu ve beni dansa kaldırdı. Ardından da nişanlıma teslim etti. Paniklemiştim, ne olacaktı şimdi? Vittorio onun onurunu kırdığımı herkese söyleyecek ve nişan bozulacak mıydı? Ama o beni kollarına aldı ve bir prensesmişim gibi dans etti.

Salonun halısının üstünde dönerken, 'Kötü bir şey yaptın ve bu gece cezanı çekeceksin,' diye kulağıma fısıldadı.

O gece gizlice evimize geldi. Buna izin vermemem

gerekirdi ama kendimi ona karşı suçlu hissediyordum. Ve böylece kapıyı açıp içeri aldım. Babam karargâha dönmüştü, annem, Elsa ve halam da günün yorgunluğuyla derin uykuya dalmıştı. Kimse bir şey fark etmedi. Bana gelince, hem heyecanlıydım hem de korkuyordum.

Odama girer girmez bir yandan beni soymaya bir yandan öpmeye başladı, kulakmememi yalayıp ısırdı. Kadife gibi yumuşak dili tüylerimi ürpertti. Karşısında çırılçıplak kaldığımda birden yüzüme sert bir tokat atıp yatağa fırlattı, eliyle ağzımı kapadı ve sertçe içime girdi. Yüzüme bile bakmadan bekâretimi bozarken, içimde hoyratça gidip gelişini hissediyordum. Karnımda bir acı hissettim, ama sonra öyle yoğun bir zevk dalgası kapladı ki bedenimi, acıdan ayırt etmek imkânsızdı. Bağıramayacağım için gözyaşları içinde dişlerimi yastığa geçirdim. Bu hem ilk sevişmemiz hem de beni ilk cezalandırışı oldu."

Odaya sessizlik çöküyor. Annamaria ürperiyor; o adamın aslında gözü dönmüş bir sadist olduğunu düşünemeden edemiyor.

Adele gibi bir eski zaman kadını için, böylesi mahrem ve altüst edici bir olayı anlatmak kolay olmamalı.

"İşini bitirdiğinde Vittorio beni kollarına aldı, sarmaladı ve yeniden seviştik, ama bu kez çok nazikti. Her ilişkimizde böyle olacaktı: Son âna kadar acımasız mı yoksa sevecen bir âşık mı olacaktı bilemeyecektim. Yatakta da günlük hayatta da benimle kedinin fareyle oynadığı gibi oynuyordu. Bir dünyanın en tatlı adamı oluyor bir, nedensiz yere acımasız ve intikamcı bir yaratığa dönüşüyordu. Beni yaralamaktan zevk alıyor gibiydi. Onu hayal kırıklığına uğrattığımı düşünerek umutsuzluğa kapıldığımda ise daha da tutkulu ve istekli oluyordu. Onun yanında asla rahat olamazdın.

Belki benden daha cin fikirli bir kadın tehlikeyi fark eder ve ondan uzak dururdu, ama benim aklımdan bile geçmedi. İlk gördüğüm andan itibaren, onu elde etmekten başka bir şey düşünmedim. Kurban olduğumu fark etmedim. Aldığım katı ve sevgiden yoksun eğitim, aşkta beni tamamen savunmasız kılıyordu. Aslında duygulu, tutkulu bir ruha sahiptim. Çocukken bana, defne yaprakları arasında gizlenirken engel tanımayan bir gelecek hayali kurduran o ruh...

Bir yıl bile nişanlı kalmadan evlendik. Bu kadar çabuk evlenmemizi hamileliği gizlemek için olduğunu söyleyenler oldu; doğru değildi. Sevişiyorduk, evet, ama önlemimizi de alıyorduk. Bu ikimizin de sır gibi sakladığı tehlikeli bir oyundu. Aslında yalnızca benim için tehlikeliydi. Sizler gençsiniz, bilemezsiniz. Bugün artık çok güvenli doğum kontrol yöntemleri var ve kimse cinsel ilişki yaşamak için evlenmeyi beklemiyor ama o zamanlar farklıydı. Dinî inançlardan ziyade korku, toplumsal yargılar ağır basıyordu. Biz kadınların kaybedecek bir şeyi vardı ki hayati önemdeydi: Namusumuz. Evlilik dışı ilişki sonucu hamile kalmak, ömür boyu damgalanmak demekti. Yine de, aşk, tutku ya da salt arzu ve erkeklerin dayatmasıyla riske girmekten çekinmiyorduk. Önemli olan kimsenin bilmemesiydi. İkiyüzlü müydük? Belki.

Evlenmek için acele etmemizin nedeni, istediğimiz gibi rahatça sevişebilmekti. Benim için deli oluyordu ya da öyle görünüyordu. Ben de ona deli oluyordum. Başka hiçbir şey düşünemeyecek kadar deli. Beni esir alan duyguyu kız kardeşimle paylaşmaya hiç niyetim yoktu. Sadece kendime saklamak istiyordum. Ve Vittorio'ya tabii ki. Mutluluğumuza kimse ortak olmamalıydı. Elsa bile. Hatta özellikle Elsa. Çünkü gizliden gizliye beni yargılamasından korkuyordum. Çünkü o yalnızca ışığı değil, aynı zamanda gölgeleri de fark edebilirdi. Bense o gölgeleri hafife almaya çalışıyordum.

Bir an evvel evlenmek istememin bir nedeni de

buydu. Beni geçmişe tutsak eden bağları koparmak için. Ailemden uzaklaşıp Roma'ya gitmek için. Çocukluğumu yutan o kara deliği arkamda bırakmak için. Annemden, onun acımasızlığından kaçmak için. Ve bunun bedeli kardeşimi terk etmek olsa da, yapacak bir şey yoktu. Kaldı ki o da, evlilik hazırlıklarına yardım etmesine karşın suskun, aksi biri olup çıkmıştı. Vittorio'ya ve yaklaşan düğünüme kendimi o kadar kaptırmıştım ki başlarda onun bu halinin pek üstünde durmadım, o günlerin hareketliliğine verdim. Ama sonraları, o dönemi tekrar düşündüğümde kardeşimin bana karşı tavırlarının çok değişmiş olduğunu fark edecektim.

Bir öğleden sonra birlikte yürüyor, şehir merkezinden kırlara doğru giden ara yollardan geçerek eve dönüyorduk. Gelinlik provası için terziye gitmiştik, nisan başı olmasına rağmen hava oldukça sıcaktı ve terlemiştik. Adımlarımız yavaşladı. Birden Elsa, uzun süredir yapmadığı gibi gözlerimin içine bakarak sordu: 'Onu sevdiğine emin misin?'

'Tabii ki seviyorum,' diye yanıtladım. Duygularımın samimiyetine inanmadığı için sorusuna alınmıştım. 'Neden sordun ki?'

'Hiç, öylesine... Sadece bilmek istedim. Bazen herkes olayların belli bir şekilde gelişmesini bekler ve üzerindeki baskı nedeniyle kendini tuzağa kısılmış hissedersin. Belki de gerçekten istediğin şeyin o olmadığını fark edersin. Sana ait olmayan ve aslında fazla da umursamadığın bir şeyi sahiplendiğini anlarsın.'

Soran gözlerle baktım ona. Ne demek istediğini gerçekten anlamıyordum.

'Okuduğum bir romanda böyle oluyor. Polly, kitabın kahramanı, bir kontla evlenmek üzere, ama aslında bir çiftçiye âşık ve bunu çok geç fark ediyor, en sevdiği arkadaşı birdenbire gerçekten âşık olup olmadığını sorduğunda. Ben de seni dürtmek istedim. Hani belki içten içe verdiğin karardan emin olmayabilirsin diye.'

'Ama benim kararımdan dönmeye niyetim yok.'

'İyi o zaman.'

'Hangi romandı bu?'

'Bir Fransız romanı. Okumadın sen.'

'Adı ne?'

'*Mont Blanc Kontesi,*' dedi hızlıca.

Romanın adını aklıma kazıdım ve bir daha düşünmedim. Kitap konularını günlük hayata uyarlamakta ustaydı. Yıllar sonra o kitabı bulmaya çalıştım. Ama tabii ki hiç yazılmamıştı."

"Nasıl yazılmamıştı?" diye soruyor Annamaria.

Gerçek gibi duran ve belki de gerçek olan öyküler anlatmakta usta olan Elena, "Belki Elsa uydurmuştu," diyor.

Annamaria ısrarcı: "Gerçekten mi? Uydurmuş mu? Neden peki?"

Ama Adele yanıt vermiyor.

İstanbul, 7 Şubat 1974

Sevgili Adele,

Saatlerdir sağanak yağmur yağıyor burada. Odaya çay istedim, azıcık ısınmak umuduyla, çünkü hava çok soğuk ve sobaya rağmen oda buz gibi. Yağmurun dinmesini ya da en azından azalmasını sabırsızlıkla bekliyorum. Etekleri yere kadar uzanan devetüyü paltomun ıslanmasına göz yumamam. Satıcı kumaşın su geçirmez ve leke tutmaz olduğunu söyledi ama riske girmek istemiyorum.

Bugün niyetim terziye uğramaktı. Otelin yakınında usta bir tane buldum. Adı Madelyn ve Ermeni kökenli. Ailesi üç kuşaktır İstanbul'da yaşıyor, Beyoğlu ve Pera'nın şimdikinden çok daha kozmopolit olduğu dönemlerden beri. Ermeniler, Cenovalılar, Venedikliler, Fransızlar, Yunanlar, Kıbrıslılar: 1950'li yılların ortasında vahşi ırkçı saldırılara maruz kalmış olsalar da, bu şehirde kaç toplumun bir arada yaşadığını tahmin edemezsin. Korkunç bir olaymış: Aşırı milliyetçi öfkeli bir grup mahalleyi işgal etmiş. Özellikle Rumları hedef almışlar ama vahşetlerinden herkes nasibini almış. Evleri yakmışlar, dükkânları yıkmışlar, aileleri kovmuşlar. Çok azı kurtulmuş.

Madelyn geçen sabah ölçülerimi alırken anlattı bunla-

rı. Bir zamanlar Kapalıçarşı'dan aldığım turkuvaz rengi ipek kumaştan bir kokteyl elbisesi diktiriyorum.

Anlattıklarından çok etkilendim. Dario bir ara söz etmişti bundan, ama böyle dramatik bir olayı bizzat yaşamış birinden dinlemek çok farklı. O ve akrabaları, Türk komşularının yardımıyla kurtulmuş. Birileri onlara balkona asmaları için bayrak vermiş. Sakallı ve takkeli bir adam da kapılarının önünde durup yaklaşanlara, "Onlar bizden!" diye bağırıyormuş. Madelyn mahallede kimsenin onlara kötü davranmadığını ve her şeye rağmen hoşgörü ruhunun devam ettiğini söylüyor.

Atölyesinden çıktıktan sonra otele dönmek istemedim, biraz yürüdüm. Sıra sıra dükkânlarla dolu kalabalık Beyoğlu sokaklarından geçerken, kendimi, çok eski ama aynı zamanda çok modern bir ruhu olan bu şehrin bir parçası gibi hissettim. Bir vitrin camında, kalabalık arasında dik ve şık şıkıdım yürüyen siluetimi gördüğümde, Sirkeci Garı'nda indikten sonra otel ararkenki bitkin ve ürkek halim geldi aklıma. Sadece dört yıl geçti aradan, ama bir ömür sanki. Yolda bir simit aldım, uzun süredir yemiyordum. Bilmem sen sever misin, ama ben dişlerimi susam kaplı o hem yumuşak hem gevrek hamuruna geçirmekten büyük zevk alıyorum.

Yürüye yürüye, bir baktım ki padişahların son ikametgâhı Dolmabahçe Sarayı'na varmışım. Turistler Topkapı Sarayı'nı gezmek için kuyruğa giriyor ve bu görkemli sarayı görmüyorlar. Boğaz'ın Avrupa yakasında inşa edilen sarayın devasa kapısı denize bakıyor, dışı rokoko, barok ve neoklasik tarzda, iç mekânlar ise Osmanlı stilinde. Adeta bir görsel şölen sunan altın, kristal ve değerli ahşaplarla bezeli sarayın iki yüz seksen beş odası, kırk altı salonu ve tabii ki haremi var. Önünden geçerken kaç kere dışından hayran hayran bakmıştım ama içeri girmeye hiç fırsatım olmamıştı.

Hiç düşünmeden bilet gişesine yöneldim. Ama ödeme sırasında yanımda yeterli para olmadığını fark ettim. Cüzdanımı otelde unutmuştum, cebimdeyse sadece birkaç bozukluk vardı. Tam geri dönecektim ki kuyrukta arkamda bekleyen bir Fransız turist ücreti ödemeyi önerdi. Zor durumda olan bir hanımın yardımına koşan nazik biriyle karşılaşmak çok hoştu doğrusu. Ve iş bununla da kalmayacaktı.

Sanırım Dolmabahçe'nin yapımı on üç yıl sürmüş ve 1856 yılında tamamlanmış. Layıkıyla gezmek bir günü alır. Öğleden sonra geç vakitti, bu yüzden salonları hızlı hızlı dolaşıp padişahın bir asır önce, o zengin döşemeli duvarlar arasında nasıl bir hayat sürdüğünü hayal etmeye çalıştım.

Ancak o kadar dalmıştım ki, bir adamın yanımda konuştuğunu fark etmedim. Bilet paramı ödeyen turistti. Herhalde şaşkınlığımı gizleyemediğimden Fransızcadan daha iyi bildiğim İngilizceye geçti. Çıkışa yöneldiğimi görmüştü ve sarayın en ilginç bölümünü es geçtiğim konusunda beni uyarmak istiyordu. Bunu söylerken birkaç metre ötemizde duran "Harem" yazılı tabelayı işaret ediyordu.

Bir kez daha teşekkür ettim ve daha iyi incelediğimde yakışıklılığından çok etkilendim. Sen de onu çekici bulurdun: Delici yeşil gözlü, burnu düzgün, kıvırcık siyah saçlı bir tipi canlandır gözünde...

Marc, adı bu, Lyon'da tarih öğretmeni ve Doğu sanatı meraklısı. Daha dikkatli dinleyebilseydim haremi onunla birlikte gezmek kuşkusuz çok eğitici olacaktı. Elinde tuttuğu kalın gezi rehberinden okuduğu tarihleri ve mimari tarzları art arda sıralarken benim aklım başka yerlerdeydi. Venedik İstasyonu'nda, kafede gördüğüm gizemli kadını düşünüyordum. Padişahın hareminin son cariyelerinden biri olduğunu söylemişti: Burada mı yaşamıştı acaba? O günlerdeki hayatı hakkında pek fazla bilgi vermemişti, ama az da olsa anlattıkları aklımda kalmıştı; padişahın arzu nesneleri olmalarına rağmen cariyelerin birçok ayrıcalığa sahip olması gibi. Konuşurken gözlerinde derin bir özlem seziliyordu.

Ayak seslerim, günlerini bir erkek için süslenmekle geçiren tutsak kadınların gezindiği mermer döşemelerde yankılanıyordu. O kadınlar ki, gözde olabilmek uğruna tuzaklar kurmaya da lanetler yağdırmaya da hatta öldürmeye de hazırdılar. Mis kokulu sularla yıkanıyor, tenlerine özel yağlar sürüyor, saçlarını abartılı tarıyor, pahalı kumaşlardan dikili elbiseler giyiyor ve gösterişli takılar takıyorlardı. Ama sonuçta aralarından ancak biri efendilerinin huzuruna kabul ediliyordu. Sadece biri. En güzeli olması da şart değildi, çünkü padişah gözdesinin zeki, onunla sohbet edebilecek yetenekte olmasını yeğlerdi. Padişahın dışında hareme girebilen tek erkekler olan haremağalarının gözetimindeki diğer kadınlara ise dedikodu yapmak, müzikle uğraşmak, gülmek, kısık sesle sırlarını paylaşmak kalıyordu.

O genç kadınlar acaba, böyle bir altın kafeste yaşamak istiyor muydu gerçekten? El üstünde tutulmaları, özgürlüklerinden olmalarını mazur gösterebilir miydi? Ve hangi sevgili böylesi zoraki özenle kendini yüceltilmiş hisseder? İçimden bu soruları sorarken, erkeklerin aşk ile gücü sıklıkla birbirine karıştırdıklarını düşündüm. Bizi sürekli gözetliyor, kontrol ediyor, kıskançlığın aslında ne kadar önemsendiğimizin bir göstergesi olduğuna ikna etmeye çalışıyorlar bizi. Oysa tüm bunların aşkla ilgisi var mı? Yok, hem de zerre kadar. Çünkü sevmek güven duymaktır. Birbirine inanmak. Kendini bırakmak.

Turistik gezi sona erdiğinde Marc yakınlardaki oteline çay içmeye davet etti. Çay davetini akşam yemeği ve Haliç'te gezinti takip etti...

Ertesi sabah, bir önceki gün yürüdüğüm yoldan taksiyle geçerken, kaderin tesadüfi karşılaşmalarla dolu olduğunu fark ettim. Dolmabahçe Sarayı'na gitmeseydim Marc'ı tanıyamayacaktım. Sen hasta olmana rağmen bana partiye gitmem için ısrar etmeseydim Vittorio'yla karşılaşmayacaktım ve o da bana kur yapmayacak, hatta beni öpmeyecekti. Önce kalbimi çalıp, sonra sırtını dönmeyecek ve seninle birlikte olmayacaktı. Belki de evlenmeyecektiniz. Bundan hiç söz etti mi sana? Beş para etmez bir romandaki gibi, saf bir genç kızı baştan çıkarırken ve onu terk ederken nasıl da eğlendiğini anlattı mı? Sonraları pişman oldu, ama bu, henüz konuşmak istemediğim başka bir hikâye.

Marc'ı birkaç gün önce tanıdım. O günden sonra da bir daha görmedim. O bunu pek kolay kabullenmedi ama. Bir haftadır sürekli arıyor. Dün otelin lobisinde gördüm, beni soruyordu: Koridora kaçıp saklandım. Onu bir daha görmek istemiyorum. Yaşandı bitti. Kimi aşklara bir ömür yetmez, kimisi bir gecede tükenir. Birinin diğerinden daha iyi olduğunu söylemiyorum ama acı çekmek istemiyorsan miadın ne zaman dolduğunu bilmen gerekir.

Yarın sabah Marc erken saatlerde Lyon'a dönecek nasılsa. Önceki gece odasında tren biletini gördüm. Israrcı tutumundan nihayet kurtulacağım.

Bu arada yağmur dindi. Sağanak yerini soğuk ama pırıl pırıl bir güneşe bıraktı. Hatta gökyüzünde ince bir gökkuşağı yay çiziyor. Madelyn'e gitme vakti: Yeni turkuvaz elbisem beni bekliyor.

Satırlarımı sonlandırmadan önce bir haberim var: Çok yakında hayatım yeniden değişecek. İş hayatına atılıyorum. Bir süre önce sözünü ettiğim o mahalle hamamını hatırlıyor musun? Orayı satın aldım! Önünden geçerken satılık levhasını gördüm ve bunun kaderin bir işareti olduğunu düşündüm. Bir işaret daha.

Bütün arkadaşlarım bunun çılgınca olduğu konusunda hemfikir. Hep bir ağızdan bugüne kadar hiçbir kadının hamam işletmediğini söyleyip duruyorlar. Onlara kalırsa bir hanımefendiye yakışmayacak, yanlış anlaşılmaya müsait bir iş bu. Ama onlar cesaretimi kırmaya çalıştıkça bu işi üstlenme isteğim artıyor. İlk kez tamamen bana ait olan bir şeyi gerçekleştireceğim. Hem İstanbul'a geldiğim günden beri hep bir hamam sahibi olmayı hayal ettim! Birkaç gün içinde belgeleri imzalayacağım.

Hamamın üst katında iyi durumda bir daire var; oturulacak hale gelmesi için döşemeleri yenileyip duvarları badanalamak yeterli. Doğru eşyaları da bulduktan sonra gayet konforlu ve güzel bir eve dönüşeceğinden eminim. İlk defa tamamen bana ait bir evim olacak.

Uzun yazdığımın, fazlaca uzattığımın farkındayım.

Kim bilir belki bir gün görüşürüz. Ve geçmişten söz ederiz.

Sevgiyle kal.

Kardeşin

"Daha iyi misin?"

"Tansiyonum düştü sadece. Şimdi geçti, teşekkür ederim."

Annamaria'nın sesi cılız çıkıyor. Yüzü taşbebek gibi bembeyaz. Giovanna tekrar kanepeye uzanmasına yardımcı oluyor. İyi olduğundan pek emin değil. Arkadaşının solgun yüzü onu endişelendiriyor. Hastaneye mi götürseler acaba?

Leonardo da aynı endişe içinde: "Acile götürmemizi ister misin?"

"Hastanede hemen bir ultrason çektirir, gerekli tahlilleri yaptırırız," diye lafa giriyor Elena.

"Yok gerekmez, merak etmeyin. Gerçekten. Bebek hareket ediyor, iyi durumda. Bir anlık bir şeydi. Şimdi daha iyiyim, gerçekten."

Leonardo ısrar etmiyor; duymak istediği cevabı aldı. Tüm olan bitenden sonra bir de hastane işi çıkmasın. Sergio'yu düşündüğünde içine ateş basıyor. Ona dokunmak, sarılmak istiyor. Annamaria ve diğerlerinin sihirli değnek değmişçesine birden ortadan kaybolmasını, ikisinin baş başa kalmasını arzuluyor. Evet, bunu hayal etmesi bile utanç verici, karısı bunu hak etmiyor. Ama elinde değil. Sonra Signora Conforti'nin bakışlarını üzerinde hissediyor. Ona mı öyle geldi yoksa gerçekten de anlayışla gülümsüyor mu? Bu kadın çok şey görmüş geçirmiş olmalı... Aklından geçenleri anladı mı acaba? Bu ihtimal onu daha da huzursuz ediyor.

Annamaria da Leonardo'ya bakıyor. Kocasını sevdiğinden emin mi? Gerçekten hayatının erkeği, çocuğunun babası o mu? Bu sorular sık sık beyninde yankılanıyor. Onları duymazlıktan gelmeye çalıştı. Ama kadının söyledikleriyle güç buldular. Ve paniğe kapıldı.

Bir aile kurmak üzere ve yanlış bir eş seçmiş olmaktan korkuyor. En kötüsü de doğru kişinin onunla asla birlikte olmayacağı. Çünkü başka biriyle birlikte. Çünkü sevişmeleri onun için sadece bir hata, anlık bir şeydi. Biraz fazla samimi bir sarılma, onun arkadaşlık sınırını aşmasına yol açmıştı. Sadece arkadaşız, diye tekrarlıyor içinden. Başka bir şey olamaz, hayale kapılmak boşuna. Hem kendi bile emin değilken ona çocuktan nasıl söz edebilir ki? Düşüncesi bile acı veriyor. Nasıl hiçbir şey olmamış gibi davranacak? Her şey yolundaymış gibi rol yapabilecek mi gerçekten?

Annamaria, hamilelik kursunda öğrettikleri gibi, diyaframdan nefes almaya odaklanıp sakinleşmeye çalışıyor. Düzenli tempoyla burnundan nefes alıp ağzından veriyor. Karnının inip çıktığını hissediyor. Giulio mutfaktan bir bardak su getirdi. Annamaria onun yumuşak bakışlarını arıyor; her şeye rağmen onu sakinleştirme gücüne sahipler.

Giovanna'nın içi rahatladı. Giulio gevşemesi için alnını ovarken arkadaşının yüzüne renk geldi. O ikisinin ne çok ortak yanı var! diye düşünüyor. Sanata duydukları ilgi, hassas, nazik yapıları. Ama aşkta işler böyle yürümüyor. Aşkta zıt kutuplar birbirini çeker, o bunu iyi biliyor. Koltuğun kenarına parmaklarıyla tempo tutarak vuran Sergio'ya bakıyor. Fark ettirmeden onu seyretmeyi seviyor. Öyle yakışıklı ki! Heyecanlı, coşkulu, bazen kararsız. Evet, zıt kutuplar birbirini çekiyor. Sergio başını kaldırdığında onun gülümsemesini fark ediyor ama hemen kafasını çeviriyor.

"Evlendik ve hayatım değişti."

Adele Conforti hikâyesine kaldığı yerden devam ediyor. Elleri kucağında, parmakları ise sanki bir şeyden güç almak istermiş gibi birbirine sımsıkı kenetlenmiş.

"İlk iş olarak Viterbo'dan ayrılıp Vittorio'yla Roma'ya taşındım. Ama önce balayı için Positano'ya gittik. Otelimiz deniz kenarındaydı. Yataktan kalkmadan bile denizi görebiliyorduk. Kendimi, mutlu sonla biten bir masalın başkahramanı gibi hissediyordum. Vittorio da prensimdi. Etrafında pervane olan onca kadın arasından beni seçmişti.

Ama bazen, onca mutluluğun ortasında, bir nebze kıskançlık kaplıyordu içimi. Hatta öz kardeşimi bile çekemiyordum: Ne de olsa kocam ilk onu tavlamıştı. Vittorio kuşkularıma gülüyordu. Beni ne kadar sevdiğini görmüyor muydum? Benim için bu dünyada senden başka kadın yok, diyordu. Elsa'ya gelince, duygusal açıdan küçük bir kız gibi davranıyor, içine kapanıklığı can sıkıyordu. Vittorio'yu gerçekten mutlu eden tek kadın bendim. Şakayla karışık nedenini sorduğumda ise, beni bir düelloya davet, bir meydan okuma kadar heyecan verici bulduğunu söylüyordu. O zamanlar ne demek istediğini tam olarak anlamıyordum, ama umurumda değildi. Sevgisiyle bana kendimi özel hissettiriyordu.

Vittorio Roma'da, Testaccio semtinde yaşıyordu. Bekâr evi yeni evli bir çift için uygun olmadığından aynı semtte daha büyük ve konforlu bir eve taşınmaya karar verdik. Bu evi görür görmez beğendim. Yerleşim planını, aydınlık oluşunu. Ve tabii ki balkonunu."

Giovanna, "Balkon mu?" diye soruyor. "Bu evin balkonu yok ki. Karıştırıyorsunuz sanırım..."

"Artık olmadığını biliyorum canım. Ben yıktırdım. Ama bir zamanlar vardı. Mutfaktan çıkılırdı balkona. Kapısı oradaydı."

"Neden yıktırdınız?" diyor Giovanna kızgınlıkla. Kendini dolandırılmış gibi hissediyor. Balkon yıkılmasaydı evinin değeri artardı.

Adele cevap vermiyor. Ve istifini bozmadan anlatmaya devam ediyor.

"Dediğim gibi bu evi satın aldık. Babam yardımcı olmak istedi: Onun bize düğün hediyesi olacaktı. Vittorio, babamın niyetini öğrenince çok öfkelendi. O cömert teklifi hakaret olarak algıladı. Ona göre, parlak kariyerine rağmen bana bir ev alamayacak durumda olması yüzüne vuruluyordu. Positano'dan yeni dönmüştük ve büyük olay çıkardı. Aileme hakaretler savurdu, bana yüklendi. Fiziksel şiddete başvurmadıysa da öfkesi korkutucuydu. İlk kez neler yapabileceğine tanık oldum. Ertesi gün, her zamanki çekici, kibar adama dönüşmüştü. Hiçbir şey olmamış gibi... Sonrasında üzerinde bir daha konuşmadı. Babam çeki yazdı ve olay kapandı.

Bu çirkin olayı ben de unutmak istiyordum zaten. Kazaydı, diyordum içimden. Kocam asla böyle davranmazdı, bana kimseden yardım almadan, tek başına bakmak istediği için incindi sadece. Kendini baskı altında hissetmesi, sinirlerinin bozulması normaldi. Geçici bir öfke krizi uğruna daha yeni kavuştuğum mutluluğu bozmaya hiç niyetim yoktu.

Bulutlarda gibiydim. Vittorio işe gitmek için sabah evden çıkıyor ve çoğunlukla geç dönüyordu. Ama bunu dert etmiyordum; tek başıma özgürlüğümün tadını çıkarıyordum. Fazla güldüğüm için annemin öfkesini üzerime çekmeden, evcilik oynuyormuşum gibi. Bazen Elsa'yı özlüyordum ama sadece bir an için. Sonra tekrar o garip çoşku kaplıyordu içimi. Günümü nasıl geçireceğime, ne olmak istediğime nihayet ben karar veriyordum. Bazen, sırf nasıl durduğunu görmek için, yemek masasının ya da kanepenin yerini değiştiriyor, sonra eski haline getiriyordum. Ya da buzdolabında koyacak yer bulamayacak kadar çok yemek pişiriyordum. Sadece alışveriş için dışarı çıkıyordum. Vittorio eve geldiğinde oyun oynamayı bırakıp onun istediği mükemmel eş olmaya çalışıyordum.

Her sabah uyandığımda, yaşadıklarımdan emin olmak için kendimi çimdikliyordum. Çocukluk düşlerim gerçekle karışıyordu. Gerçeğe en yakın hayallerimden birinde, evin ikinci odası çocuğumuzun odası oluyordu, ama bu olasılık beni mutlu ettiği kadar korkutuyordu da. İçimde, bir yerlerde, sabun köpüğünden bir mutluluk yaşadığımı biliyordum. Herhangi bir şey, hele yeni doğan bir çocuk, her şeyi ansızın bozabilirdi. Aşkımızda sadece ikimize yer vardı. Ama bunun farkına varmam yeterli olmadı. Kibirli bir genç kadındım ve bizi bir arada tutan bağın, tüm engellerin üstesinden gelmemize yetecek kadar güçlü olduğunu sanıyordum. Bizi kimse, hiçbir şey ayıramazdı. Bundan emindim. Ama yanılıyormuşum. Yeni hayatımda hiçbir şey gerçek olmadığından, rüyada yaşar gibiydim."

Giovanna kadının sözünü kesiyor. "Nasıl gerçek değildi? Kocanız size yalan mı söylüyordu?"

Adele bir an susuyor, ama onu duymazlıktan geliyor. O âna kadar transtaymış gibi konuştu. Yutkunuyor. Acı bir lokma yutar gibi. Devam etmeden önce sindirilmesi gereken bir anı.

"Vittorio'yu tanımalıydınız. Öyle çekiciydi ki!" diye devam ediyor hülyalı hülyalı anlatmaya. "Bir bakışı, bir esprisiyle herkesi etkilerdi. Olgun kadınları, genç kızları, hatta erkekleri bile. Tabiri caizse tam bir kırık kalpler koleksiyoncusuydu, ama kibarca, bilinçsizce yapıyordu bunu. Bacaklarımın titremesi için bir bakışı yeterliydi. O konuştuğunda her şeyi unuturdum. Bazen ne söylediğini bile anlamazdım: Boğuk ve umursamaz ses tonu, içimde sadece benim duyabileceğim bir melodi gibi çınlıyor ve beni bir büyü gibi sarmalıyordu. Ya da lanet gibi... Ne söylerse söylesin, körü körüne inanırdım. Ağzının içine bakıyordum. Bu nedenle, bir sabah onu bir kafede bir kadınla otururken gördüğümde, içimden bir ses beni uyarmaya çalışsa da, bunu garipsemedim.

Alışverişe çıkmıştım ve kafe, mahalle pazarının yolu üstündeydi. Müşterisi olduğunu düşündüm. Rahatsız etmemek için yoluma devam edip etmemekte tereddüt ettim ama merak ağır bastı. Selam vermek için yaklaştığım sırada, kadın da bana doğru döndü.

Kardeşimdi."

İstanbul, 18 Aralık 1976

Sevgili Adele,

Bu son, diye söz vermeme rağmen uzun bir aradan sonra tekrar yazıyorum sana. Son mektubumdan bu yana iki yıl geçti ve her zaman olduğu gibi senden haber yok. Ama önemli değil: Hayatım artık burada, İstanbul'da, değişken ve büyülü semasının altında, safran ve tarçın kokan cıvıl cıvıl sokakları arasında geçiyor.

Hamamı açalı da iki yıl oldu. Sıcaklık bölümünü restore ettirdim, muslukları değiştirdim, mermer kurna ve duvar dekorlarının da elden geçirilmesi gerekti. Ama değdi. O eski görkemine kavuştu sanki. Kısa sürede, ruhen ve bedenen rahatlamak için güvenli bir sığınak arayan erkeklerin vazgeçilmez adresi oldu. Eski haliyle kıyaslandığında şimdi bir sarayı andırıyor diyebilirim.

Kendimle gurur duyuyorum doğrusu! Başlarda hiç de kolay değildi: Burada bir kadın, Batılı bir ülkede gerçekleştirebileceğinin yarısını elde edebilmek için iki misli çalışmak zorunda. Ama artık itibar kazandım. Tüm güçlüklere rağmen başardım, kendi ayaklarım üzerinde duruyorum. Aynaların Sultan Hamamı tıkır tıkır işliyor, müşteri sayısı giderek artıyor. Adını değiştirmedim. İlginç bir isim değil mi?

Kısa sürede İstanbul'da ün kazandı; şehir dışından bile geliyorlar. Bana, beş parasız ama maceraperest bir İtalyan kadına karşı böylesine cömert davranan bu şehre armağanım olarak görüyorum.

İşler o kadar iyi gidiyor ki işletmesi için birini tutup evde oturabilirim, ama o zaman işin eğlencesi kaçar. Her gün ahşap kakma bankonun arkasında oturup müşterileri karşılamak beni nasıl mutlu ediyor bir bilsen. Sadık müşterileri tanıyorum artık. Ne zaman üzgünler ve gevşemeye ihtiyaçları var, ne zaman kaygılılar, ne zaman âşıklar, biliyorum... Hamamlar, buharın bedenlerle birlikte örf ve âdetleri de yumuşattığı kendine has mekânlar. Bazı kaprislerine göz yumduğum ve katlandığım için bana müteşekkir olan birçok dostum var. Hem bilirsin, bir erkeği mutlu etme fırsatını hayatta kaçırmam.

Müşteriler benimle sohbet ediyor, sırlarını paylaşıyor, beni kendilerinden biri olarak görüyorlar. Kısacası onlara güven veriyorum. Arada bir onları gizlice seyrediyorum. Namuslu aile babalarının o kadar çok sırrını biliyorum ki, taptıkları annelerinden bile daha çok saygı duyuyorlar bana.

Evimse beklediğimden de güzel ve rahat; oldukça büyük, iki katlı. Bir sürü penceresi var, dolayısıyla da bol ışık alıyor. Halılar, tablolar, anılarla döşedim ama henüz dolmayı bekleyen bir dolu boş alan var. Ender'le yaşadığım dönemden kalma birkaç eşyayı bir arkadaşımın deposuna koymuştum ve nihayet onlara kavuştum. Uzun süre otelde yaşadıktan sonra kendi zevkime göre yerleştireceğim, dekore edeceğim geniş odaların olması beni nasıl mutlu ediyor bir bilsen.

Yaşam mekânım olarak seçtiğim bu yer, adeta dünya içinde ufacık, gizli bir dünya gibi. Bir yandan daha önce gördüğüm her yerden izler taşırken, diğer yandan hepsinden farklı ve gerçekdışı gelen bir olaylar, kaderler, tesadüfler kavşağı. Sanırım daha sabırlı ve anlayışlı biri oldum. Eskiden tahammül edemediğim aksilikler artık vız geliyor.

Merdivenlerin arkasında doğrudan hamama açılan gizli bir kapı var, krallığıma gitmek için evden çıkmama gerek yok anlayacağın. Sabahtan akşama kadar kadife minderlerin üstünde stratejik pozisyonumda oturuyorum. Vücudum biraz kamburlaştı ama pek de önemsemiyorum. Uzun gri tüylü kedimle girişi gözlüyor ve hem yumuşak havlu ve sabunları eksik etmemeleri için çalışanları, hem suyun ısısını, havuzların temizliğini kontrol ediyorum. Tellaklardan birinden, bedenle kalmayıp ruhu da rahatlatan bu masaj tekniğini bana da öğretmesini istedim. Aynı anda hem şehvet uyandıran hem de mistik bir yönü olan kadim bir sanat.

Buralarda hava gitgide sertleşiyor: Özellikle sabahları insanın kemiklerine işleyen sert bir rüzgâr esiyor. Ama bir görsen, sanki hep baharmış gibi enerji doluyum. Kahvaltı yaptıktan sonra üstüme hafif bir şeyler geçiriyor ve sıcak buharıyla beni sarmalayan hamamıma gidiyorum. Hamamda kışın sertliğini hissetmiyorsun.

Bu yıl Noel'i bile kutlamak istemedim; bayramın kaçınılmaz olarak uyandırdığı melankoliden kendimi korumak için. Konsolosluk, İtalya'dan getirttiği şampanya ve panettone*'nin ikram edildiği geleneksel bir davetle kutluyor Noel'i. O kadar çok katıldım ki bu partilere, hafızamda hepsi birbirine girdi, ama emin ol hiçbirinde eğlenmedim; Dario varken ve bir kenara çekilip kadınların kıyafetleri ve kocalarının ihanetleri hakkında dedikodu yaptığımız zamanlarda bile. O zoraki hayırseverlerin arasında çınlayan kahkahalarımızda sahte bir hava vardı aslında. Bu yüzden bu yıl davete gitmeyeceğim. Hem Noel bana uzaklara giden dostları, yok olan hülyaları, yitik aşkları hatırlatıyor. Kötü ve çok yalnız biri olduğumu hatırlatıyor. Gözümün önüne geçmişten sahneler geliyor ve bana acımasızca işkence etmekten adeta zevk alıyorlar.*

Birazdan çıkacağım. Bir ressamdan portremi yapma-

sını istedim ve pazartesi akşamları poz vermek için karşı yakadaki atölyesine gidiyorum. Çok titiz bir sanatçı, sanıyorum bitirmesi zaman alacak.

Ya sen, sen ne yapıyorsun şimdi? Çalışıyor musun? Aile kurdun mu? Seni sevmeye çalışan bir kocan var mı?

Sana yazmakta ısrar ederek, kendimi gülünç duruma düşürdüğümün farkındayım. Yazdığım bütün mektuplar, ilki hariç, birkaç ay sonra geri geldi. Açmamıştın bile. Yıllarca hep böyle oldu. Ama yine de sana yazmaya devam ettim. Seni yanımda hissetmenin tek yolu bu. Her seferinde bu son diyorum, ama sonra belki bir yanıt gelir umudu ağır basıyor.

Yazarken, sanki seni karşımda otururken görüyorum, kahveni yudumlarken gülümsüyorsun.

Birkaç hafta önce pazardan bir kanarya aldım. Adını Çilli koydum, bana arkadaşlık ediyor. Benim gibi o da yalnız ama bunu umursamıyor. Hatta mutlu bile, yalnızlık onu ayakta tutuyor.

Küçük altın kafesinde şakıdığını duyduğumda ne kadar özgür olduğum aklıma geliyor. İstediğim kişiyi sevmekte, artık öfke duymadan hatırlamakta özgür.

Ya sen?

Kardeşin

"Ağzım açık kalmıştı: Elsa'nın Roma'da ne işi vardı ve bundan benim niye haberim yoktu? Ve neden kocamla birlikteydi?"

Adele konuşmakta zorlanıyor ama bu tavrında zorlama bir yan var. Belki de görünmek istediği kadar çekingen değil. Belki hikâyesinin en can alıcı detaylarını dramatik vurgularla anlatmak hoşuna gidiyor.

"Vittorio beni fark edince hemen ayağa kalktı: Beni gördüğüne hem şaşırmış hem rahatlamıştı. Kıskanç yanım kuşku içindeydi, mantıklı yanım ise basit, sıradan bir açıklama bekliyordu. Aldım da.

Vittorio, 'Bugün beklenmedik rastlantılar günü,' dedi neşe içinde. Yanlarına oturmam için yer açtı.

Bir müşterisiyle buluştuktan sonra bürosuna dönerken yolda Elsa'ya rastladığını söyledi. Benim kadar o da şaşırmıştı onu gördüğüne. Şehirde ne aradığını ve neden bize haber vermediğini anlatması için onu bir kafeye davet etmişti. Bu arada Elsa tek kelime etmedi. Gözünü, hâlâ dolu olan fincana dikmişti.

Haftalardır görmüyordum onu ve zayıfladığını fark ettim. İyi görünmüyordu. Şaşkın ve bitkin, ağlamak üzere gibiydi.

Vittorio garsonu çağırdı, bir kahve istedim. Beklerken, mekânın gürültüsü içinde garip bir sessizlik çöktü üzerimize. Elsa'nın sinirli şekilde elindeki peçeteyi burduğunu fark ettim. Annem haksız yere bağırdığı zaman yaptığı gibi onu küçük parçalara ayırdı. Onu hangi düşüncelerin endişeye sürüklediğini soruyordum kendime. Evde neler olduğunu anlatmasını istedim ama susmaya devam etti. Ağzından zorla birkaç kelime alabildim. Yine annemle kavga etmiş, bavula birkaç eşya doldurmuş, kenara koyduğu üç-beş kuruşu almış ve kapıyı çarparak çekip gitmişti.

'Ne zamandan beri Roma'dasın?' diye sordum. Yanında valiz olmadığına göre kalacak bir yer bulmuş olmalıydı. Bunu fark etmek daha da şaşırttı beni. Ama doğruydu.

Sözler ağzından dirhemle çıkıyordu. Bir hafta önce geldiğini söyledi. Yakınlarda bir pansiyona yerleşmişti. Bizi rahatsız etmek istememişti. Öncelikle bir iş bulmak istiyordu, ama bu o kadar kolay değildi. Her seferinde, cevap vermeden önce Vittorio'ya bakıyordu. Ondan çekindiğini düşündüm: Sadece ikimiz olsaydık yardımını isteyebilirdi, ama kocamın varlığı buna engel oluyordu. Onu rahatsız etmekten korkuyordu kuşkusuz. Yeni evli hiçbir erkek baldızını evde istemez, hele bir de süresi belirsizse. Bir kez daha yanılıyordum, ama o zamanlar işin aslını tahmin bile edemezdim."

Bu noktada salondaki herkes gerçeğin ne olduğunu sormak istiyor, ama Adele'nin ses tonu ve bakışları onlara engel oluyor. Henüz zamanı değil. Gerçeklerin açığa çıkması için henüz erken ve o buna tam olarak değil. Üstelik ortada tek bir gerçek olduğu ne malum? Aksine ya her yoruma açıksa?

"Elsa rahatsızlık vermek istemediğini tekrarlayıp duruyordu. Bozuk plak gibi. Israr ettim: Evimiz büyüktü ve istediği kadar bizimle kalabilirdi. İkna etmesi için

Vittorio'nın desteğini istedim. Önce şaşırmış göründü, ama zorda olan genç kızların kurtarıcısı rolü hoşuna gitmiş olmalı ki hemen ikna oldu. İtiraz kabul etmeyen bir tonla, Elsa'nın kötü bir pansiyonda kalamayacağını söyleyip tartışmaya nokta koydu. Buna izin veremezdi. Sözleri beni çok gururlandırdı. Biz bir aileydik.

Elsa gözleri yaşlı, teşekkür etti, ama mutludan ziyade, cömertliğimiz onu hazırlıksız yakalamış gibi, daha da şaşkın görünüyordu. Geç olmuştu ve Vittorio işe dönmek zorundaydı. Hesabı ödedi ve kafeden birlikte çıktık. Sonra ayrıldık. Elsa'nın bavulunu o halledecekti: Daha sonra pansiyona gidip alacaktı onu.

'Bekle!' dedim uzaklaşırken. 'Pansiyonu nasıl bulacaksın? Elsa adını söylemedi ki.'

'Sen gelmeden önce sormuştum,' diye hızla yanıtladı, ama Elsa'nın telaşla haykırmasını önleyecek kadar çabuk davranamamıştı: 'Andreotti! Andreotti Pansiyon!'

Zavallıcık, diye düşündüm, az önce ne dediğini bile bilmiyor. Çok perişan olmalı. İçimi sızlattı. Bize orman gibi gelen çalıların arkasında gelecekle ilgili hayal kurduğumuz o çocukluk yıllarındaki gibi çok yakın hissettim kendime. Elini tuttum ve var gücümle sıktım ama o tepki vermedi. Soğuk, sert ve kaygan bir mermere dokunmuş gibiydim. Eve doğru giderken, yanımda yürüyen o genç kızın gerçekte kim olduğunu kendime sorup duruyordum."

Güneş batmak üzere, son ışıkları salon parkesini aydınlatıyor. Adele Conforti'nin bakışları huzursuzca odanın duvarlarını süzüyor. Aslında baktığı başka bir ev. Artık sadece anılarında var olan bir ev.

İzleyicileri de suskun. Sergio mutfağa gidip birkaç bardak aldı ve hiçbir şey demeden, Annamaria hariç herkese içki doldurdu. Duyduklarını sindirebilmek için sert bir şey içmeye ihtiyaçları var. Normalde tek bir kadeh şarapla yetinen Giovanna'nın bile. Kimseden çıt çıkmıyor. Soluksuz dinledikleri ve kaldığı yerden devam etmesi an meselesi olan o büyüleyici hikâyeyi sorularıyla bölmekten korkuyor, içine çekildikleri girdabın onları hangi sarsıcı gerçeğe doğru sürüklediğini öğrenmeyi bekliyorlar. Yoksa Elsa bir sır mı saklıyordu? Neden kimseye haber vermeden Roma'ya gelmişti? Hepsi kendi içinde bu sorulara yanıt bulmaya çalışıyor. O kadının her kelimesi içlerinde müphem bir tehdit duygusu uyandırıyor.

Adele yeniden konuşmaya başladığında hepsi sanki rahat bir nefes alıyor.

"Vittorio'ya deli gibi âşık olmama rağmen evliliğin baskıcı aile ortamından kurtulmama yardımcı olduğunun da bilincindeydim. Bu anlamda bir kaçıştı benim için."

Son sözleri fısıltı halinde çıkıyor. Onay ister gibi dinleyicilerine teker teker bakıyor, sonra anlatmaya devam ediyor.

"Bu yüzden de yalnız kalan Elsa için evdeki durumun giderek daha tahammül edilemez bir hal almasına şaşırmadım. Babam evden kopmuş gibiydi. Geceleri daha çok, akademinin kendisine tahsis ettiği ufak bir lojmanda kalıyordu. Bahanesi, yönetici personel sayısında azalmaya gidildiği için daha çok çalışması gerektiğiydi, ama belli ki nedenleri farklıydı; evlendiği kadının bozuk kişiliğiyle başa çıkamıyordu aslında. O da kaçış yolunu bulmuştu. Annem gitgide kötüleşiyordu.

Günümüzde akıl hastalığı artık tabu değil, ama o yıllarda psikiyatra ya da psikanaliste gitmek bir tabu gibiydi. Bu yüzden sorunlar mümkün olduğunca görmezden gelinir, aile içinde kalırdı. Annemin hastalığının ne olduğunu hiç bilemedik, belki bugün olsa manik depresif teşhisi konur ve özel bir tedaviyle kontrol altında tutulur. Ama o yıllar kendi halinde bırakılıyor ve çevresine zarar vermesine göz yumuluyordu. Bu hastalığın ilk kurbanı annemdi belki de, ama aynı zamanda da bir kiralık katil ve bizim celladımızdı. Kriz anlarında, ki giderek sıklaşıyor ve süresi uzuyordu, olay çıkarmak için çeşitli bahaneler bulurdu. Ben yuvadan uçtuktan sonra da, söylemeye gerek yok, Elsa'yı baş kurban seçti. Yıllar içinde biriktirdiği o sonsuz öfkenin, o nedensiz acının hıncını ondan çıkarıyordu artık. Kardeşime, 'Giustina Hala ortamı yatıştırmak için bir şey yapmıyor muydu?' diye sorduğumda gözlerini devirip oflayıp pufladı: 'Ne yapsın ki o zavallı? Yardım çabaları içler acısıydı,' diye haykırdı.

Cevabı beni biraz şaşırtmıştı. Halama karşı fazla acımasız gibi gelmişti.

Mutfakta karşılıklı oturuyorduk. Vittorio normalde öğle yemeğine eve gelmez, bense en fazla bir şeyler atıştırırdım, ama bu sefer onun için makarna yapmıştım. Sofraya biraz jambon ve salata da koydum. Elsa yemek yerine, çatalıyla oynuyor, tabaktaki makarnaları bir o yana bir bu yana itiyordu. Zor geçen onca günden sonra iştahı kesilmişti belli ki.

Vittorio birkaç saat sonra gelecekti ve ben elimde olmadan kaygılıydım. Elsa ise, sabaha nazaran daha sakin görünüyordu. Ellerini kucağında kavuşturmuş otururken, Viterbo'da bıraktığım o içine kapanık ama hayallerle dolu genç kızdan eser yoktu. Bir kez daha karşımdakinin yabancı biri olduğu hissine kapıldım. Sormak istediğim çok şey vardı, ama kendimi tuttum. O soğuk, sakin tavrı korkutuyordu. Yine de anlatmaya devam etmesini söyledim. Evden kaçmasına neden olacak kadar kötü ne olmuştu? İşte o zaman dayak yediğini söyledi.

Her şey yine bir azarla başlamıştı. Bir öğleden sonra annem, nispet yaparcasına kapıyı hırsla kapattığı için onu suçlamış, hakaretler yağdırmıştı. Tabii ki içindeki öfkeyi kusmak için bu bahaneymiş ve Elsa bunu yüzüne vurmuş. Ancak biraz sert bir şekilde söylemiş olmalı ki annem dayanamayıp ona şiddetli bir tokat atmış. Yanağı kızaran ve burnu kanayan Elsa kendini banyoya kapatmış. Gözyaşları içinde yüzünü yıkamış, tampon yaparak kanamayı durdurmuş. Zira annemin sağ parmağındaki kalın altın yüzük yüzünü çizdiğinden yanağı alev alev yanmış. Sol elmacıkkemiğinin üstü hâlâ mordu, göstermek için hafif yana dönüp saçını kulağının arkasına attı.

Elsa, içini hayatında hiç duymadığı kadar büyük bir öfkenin kapladığını söyledi. Tokattan çok daha acı veren bir öfke. Sakinleşmenin tek yolu çekip gitmekmiş. Odasına gitmiş, bir bavul almış ve alelacele içine birkaç giysi, çamaşır ve yedek ayakkabı koymuş. Tam çıkarken Giustina Hala'nın ağlamaklı sesini duymuş: Kapıya kadar peşinden gitmiş, ama Elsa onu yanıtsız bırakmış. Kapıyı çekip arkasına bile bakmadan hızlı adımlarla uzaklaşmış. Güneş batmak üzere, az sonra hava kararacakmış, ama umursamamış. Nereye gittiğini bilmeden koşmaya başlamış ve birden kendini istasyonda bulmuş. İlk trene binmiş, Roma'ya giden trene.

Öyle telaşla çıkmış ki evden, telefon numaram ve adresimin yazılı olduğu not defterini yanına almayı unutmuş. Tek hatırladığı semtin ve oturduğumuz sokağın bitimindeki meydanın adıymış, Testaccio. Elinde başka bilgi olmadığından geçici olarak oradaki bir pansiyona yerleşmeyi düşünmüş. Beni yerleştikten sonra arayacakmış. Ama işi düşündüğünden daha zormuş. Eğer o sabah tesadüfen Vittorio'yla karşılaşmasaymış kim bilir bizi ne zaman bulurmuş.

'Bir haftadır burada olduğuna inanamıyorum! Telefon numaramı babamdan isteyemez miydin?' diye sordum.

Cevap vermedi. 'Tanıdık bir ses duyunca ne kadar rahatladım anlatamam,' dedi sadece. 'Vittorio gördü beni, ben görmemiştim bile.'

Sanki bakışlarımdan kaçmak istermiş gibi, gözünü tabağında bir noktaya dikmişti. Benden bir şey sakladığı hissine kapıldım. Ve bu kez annemle bir ilgisi yoktu, ne olacaktı ki? Belki Elsa başka bir şey, henüz itiraf etmeye hazır olmadığı kötü bir şey yapmıştı. Ama öyle olsa da o an için ısrar etmenin yararı yoktu, er geç itiraf ederdi.

Odasını gösterdim. Sanki içime doğmuş gibi üç gün önce yataklı, rahat bir kanepe almıştık. Satın almamız için Vittorio'nun ısrar ettiği geldi aklıma, misafir için gerekli olduğunu söyleyerek ikna etmişti beni ve ben de müteşekkir olmuştum. Değerli bir önseziydi onunkisi. Ne de olsa büyük bir sıkıntıdan kurtulan Elsa biraz rahatlamış gibiydi. Ben de bir ölçüde mutluydum ama bu mutluluğa derinden derine kaygının da eşlik ettiğini hissediyordum. Eski günlerdeki gibi yine birlikte oluşumuz, onu ne kadar özlediğimi anlamamı sağlamıştı. Yalnızca o da değil, bundan böyle dünyada en çok sevdiğim iki insanla aynı çatı altında yaşayacaktım. Harika bir şeydi. Zavallı aptal ben, neyin içine sürüklendiğim konusunda en ufak fikrim yoktu."

İstanbul, 10 Ekim 1977

Sevgili Adele,

Ekim başında bazı günler İstanbul aniden grileşiyor. Sanki yaz mevsimi birden sona eriyor ve her seferinde bu bende şaşkınlık uyandırıyor, belki buraya geldiğimden beri kendimi sürekli tatildeymiş gibi hissetmemdendir. Ansızın çıkagelen sonbahar İtalya'yı düşürüyor aklıma ve içim hüzünle kaplanıyor. Sabah uyanır uyanmaz seni düşünüyorum. Yataktan kalkınca ne yaptığını, kahvaltıda ne yediğini merak ediyorum. Belki serin geldiği için üstüne bir kazak almışsındır. Belki bazen beni düşünüyorsundur.

Oysa sen hep aklımdasın. Garip değil mi? Zaman geçtikçe daha az unutmak istiyorum seni. On yıl önce buraya geldiğimde başka amaçlarım vardı. Sadece geleceğe odaklanmıştım. Heyecan dolu, korkusuz bir hayat bekliyordu beni ve bir an önce başlamaya can atıyordum. Çok az insanın ikinci bir şansı olur ve ben ağır bir bedel karşılığı bunu elde etmiştim. Geçmişten, güven duygusundan, beni büyüten aile ortamından vazgeçerek. Senden vazgeçerek. Daha o zamanlar geri dönmeyeceğimi biliyordum. Ancak sevgilerin dışında bir daha asla tekrar edilmeyecek hataları da ardımda bırakmıştım. Şimdi başka bir kadınım. Kaçarak yeniden doğdum.

İtalya'dan ayrılmadan önce, günün birinde tekrar görüşmeyi umut eden iki arkadaş gibi, sana öfke duymadan veda etmek isterdim. Ama sen izin vermedin. O an çok kırılmış, kızmıştım, ama şimdi seni anlıyorum. Az önce çekmecemi açtım ve önceki hayatımdan kalan, elime alıp bakmaktan artık yıpranmış tek fotoğrafı, ikimizin fotoğrafını çıkardım. Bahçedeyiz, sen on iki, ben on yaşında. Birörnek giyinmişiz, çiçekli yazlık bir elbise var üstümüzde. Annemin hâlâ herkesi ikiz olduğumuza inandırmaktan zevk aldığı dönemler. Belli ki zorla poz vermişiz, sabırsızca bir an önce koşup gitmek istiyoruz. Bacak kaslarımız yay gibi gergin, kaçmaya hazırız. Gözlerimizin içi parlıyor.

Fotoğrafı babamızın çektiğini ve bizim defnenin arkasındaki sığınağımıza gitmeye can attığımızı hatırlıyorum. Kulağına bir sır ya da yeni bir keşfi fısıldamış olmalıyım ki, gülümsüyorsun. Ne olduğunu şimdi hatırlamıyorum ama ne önemi var. O zaman iki suç ortağı olarak bir köşeye çekilip fısıldayarak konuşur, kimi zaman hayalî dünyalar yaratıp bunlara gizemli açıklamalar getirir kimi zaman da sadece ikimizin paylaştığı komikliklere gizlice gülmek için hiçbir fırsatı kaçırmazdık, hatırlıyor musun?

O fotoğrafın bir kopyası da sende. Evindeki büfenin üstünde, gümüş bir çerçeve içinde duruyordu. Bazen hâlâ orada mı diye merak ediyorum. Belki sakladın. Ya da attın.

Ne oldu bize Adele? Böylesine güçlü bir bağ nasıl böyle acı bir şekilde koptu? Bunca kötülüğü neden yaptık birbirimize?

Hayattaki tek pişmanlığım, içinden söküp atamadığın acının tek nedeni bu.

Açıklamalarımı hiç dinlemek istemedin. Zamanla seni anladım ama yine de bu sana duyduğum nefretin önüne geçemiyor. Belki ben de aynısını yapar, bu hatayı tekrarlardım, bilemiyorum. Kaçmak yerine beni dinleseydin bel-

ki yine beni affetmezdin. Ama en azından bana seni affetme şansı verirdin.

Vittorio konusunda kendini kandırdın, inanmak istediğin gibi bir erkek değildi o. Ben saf ve deneyimsiz bir genç kızdım, ama onun gerçek yüzünü görmem ve buna rağmen sevmem zaman almadı. Ne var ki doğru, ona direnemedim: Bu konuda suçluyum.

Sensiz gittiğim partide onu tanıdığım anda delice âşık oldum. Kendimi ona teslim etmem için gözlerimin içine bakması yetmişti. Sonra sohbet etmeye başladık, beni dansa kaldırdı, ardında da bir içki ikram etti, iltifatlara boğarak yüzümü kızarttı... O gün beni görmezden de gelebilirdi, ama bu bir şey değiştirmezdi. Ağına düşmüştüm bir kere.

Eve dönerken mutluluktan havalara uçuyordum. Onu tekrar görebilmek için can atıyor, günleri, saatleri, dakikaları sayıyordum. Ve o yaz akşamı geldiğinde, o doğum günü davetinde, birdenbire onun için saydamlaşmıştım. Çünkü artık sen vardın. Bir şeyler söylemeye çalışsam da, sesin benimkini bastırıyordu. Ona doğru her gülümseyişimde tam önümden geçerek beni gölgede bırakıyordun. Beni dansa kaldırmasını umarken, sen çoktan onun ellerini tutmuş, hayâsızca gülerek onu pistin ortasına çekiyordun bile. Kalbimi kırıp kırmadığını umursamadan onu benden almıştın. Hatırlıyorum da bir ara, yanıma yaklaşıp kedi yavrusu ya da küçük bir kızmışım gibi yanağımdan makas almış ve bana arkasını dönmüştü. Daha heyecan verici bir av peşindeydi, yakalanmaya can atan bir av. Böylece nişanlandınız. Ve sonunda seninle evlendi.

Ama sonra buna pişman oldu.

Bizi o kafede gördüğün günü hatırlıyor musun? Tesadüfen karşılaştığımız doğru değildi. Annemle kavga etmiştim, evet, ama beni Roma'ya Vittorio getirdi. Aylardır gizlice buluşuyorduk. Hafta içi bir müşterisini görmek için Viterbo'ya geliyordu. Beni o aradı, evin yakınında bir yer-

den. Beni orada bulacağını biliyordu tabii, başka nerede olabilirdim ki... Her şey böyle başladı. Haftada iki kere akşamüstleri, akrabalarının kışın boş olan villasında buluşuyorduk. Metresi olmuştum. Kendimi suçlu hissediyor muydum? Hayır. Çünkü benim gözümde, kardeşinin elinden sevdiği erkeği alan sendin. Hem biliyor musun, Vittorio sürekli evliliğinizde sorunlar yaşandığını, seninle evlenmekle hata ettiğini tekrarlayıp duruyordu.

Buluştuğumuz büyük ev buz gibiydi, küf ve toprak kokusu sinmişti her yere. Gerçekten saftım, cinsellikle ilgili hiçbir şey bilmiyordum. Ondan tek istediğim romantik aşktı, ama Vittorio bedenimi arzuluyordu. Böylece, bir öğretmenin en gözde öğrencisini eğitmesi gibi, beni bedensel zevklerle tanıştırdı ve ben sırf onu tatmin etmek için her şeyimi veriyordum. Birinci kattaki, duvarları mavi boyalı, tavanı çiçek desenleriyle süslü odada sevişiyorduk. Pilili etekler ve düğmelerini tutkuyla, yavaş yavaş açtığı gömlekler giymemi istiyordu. Çarşaflar nemliydi ve soğuktan dişlerim takırdıyor, tüylerim ürperiyordu, ama izin vermediği sürece hareket edemiyordum. Ne yapmam gerektiğini, ona nasıl dokunacağımı, hangi pozisyonu alacağımı o söylüyordu. Onun zevki benim zevkimdi. O zaman nefeslerimiz hızlanıyor ve o serin havada tek bir buhar bulutunda birleştiriyordu.

Evden kaçtığım akşam kendimde değildim. Vittorio olmasaydı ne yapardım bilmiyordum. Arabayla gelip beni aldı ve Roma'ya, bürosunun yakınlarındaki bir pansiyona götürdü. Sana haber vermemenin daha iyi olduğu konusunda hemfikirdik. Ama yavaş yavaş tavrı değişti. Onu endişeli, ama aynı zamanda heyecanlı görüyordum. Uzun süredir düşündüğü ve nihayet gerçekleştirme fırsatı bulduğu gizli bir planı vardı sanki. Sonunda bir sabah konuşmamız gerektiğini, bunun böyle devam edemeyeceğini söyledi. Otelde kalmam fazla masraflı olmaya başlamıştı. Beni o kafeye götürdü. Ve sen geldin.

Bilerek yaptı. Biliyor muydun? Bir süre sonra itiraf etti bunu. Bizi görmeni istedi. Beni evinize çağırmanı... Bu fikrin senden çıkmasını... Karısı ve metresiyle aynı çatı altında yaşamak: Rüyası buydu ve gerçekleştirmişti işte. Ama hastalıklı bir ruha sahip olduğunu açıkça anlamama rağmen hâlâ Tanrı gibi görüyordum onu. Bazen fazla acımasız, ama yine de karşı konulması imkânsız bir Tanrı.

Sonra, nasıl bilmiyorum, bir şeylerin yolunda gitmediğini anlamaya başladım. Onda. Bizde... Kuşkularımı kiminle paylaşabilirdim? Seninle değil tabii ki. Günbegün kaygılarım artıyordu. Bir iş buldum, mümkün oldukça evden uzak kalmaya çalışıyordum, ama er geç döneceğim yer orasıydı.

Her gece beni arıyordu. Odama geliyor, gün ağarana kadar kalıyordu. Ve sen hiçbir şeyin farkında değildin! İmkânsız bir durumdu. Kendimi kafeste hissediyordum. Altından bir kafeste... Artık dayanamıyordum. En azından bir seçim yapmasını istiyordum. Hangimizi seçeceğinin de artık bir önemi yoktu. İçinde bulunduğumuz durumla kıyaslandığında her türlüsü özgürlük sayılırdı.

Kim daha suçlu, ha? Başkasının aşkını çalan ya da ihanete uğrayan kim? Hayatın siyahla beyazdan ibaret olmadığını kavradığın zaman, kimin hangi tarafta yer aldığını belirlemek hiç de sanıldığı kadar kolay değil... Zira her suçun bir kefaleti vardır. Ve başka türlü olamayacağını er ya geç kabullenmek gerekir.

Bu mektubu da asla okumayacağını biliyorum, ama her şeye rağmen umudum tükenmiyor.

Tüm sevgimle...

Elsa'n

Gurup vakti ufuk pembeye bürünüyor, güneş batmak üzere. Ama Sergio ve Giovanna'nın evinde zaman duruyor. Kimse artık dışarı bakmıyor; hepsinin gözü, o yaşlı, hatları sert, bitkin ama yine de dirençli kadında. Hikâyesini dinlemek istiyorlar.

"Mutluluğum kısa sürdü," diye hikâyesine devam ediyor. "Artık kardeşim Elsa'yı tanımakta zorlanıyordum, ama Vittorio'nun tavrı da her zamankinden daha değişkendi. Bazen çok mutlu, bazen içine kapanık ve huzursuzdu. O sıralar balkonu genişletiyorduk, ama işçilerin ve hizmetçinin dışında, evde çoğu kez Elsa'yla yalnızdık. Ancak sürekli gergin bir hava seziyordum. Kardeşimin rahatsız hissettiğini, ona yaptığımız bu iyiliği geri ödeyemeyeceği endişesiyle ezildiğini düşünüyordum. Ya da, tüm çabalarına ve hatta Vittorio'nun da konuyla bizzat ilgilenmesine rağmen hâlâ iş bulamadığı için endişeliydi.

Kocama gelince, belki bu cömertliğinden pişmanlık duymuştu ve şimdi baldızının ayakaltında dolaşmasını istemiyordu. Ama konuyu açtığım zaman sinirleniyordu. Evinin kirasını ödemesi için Elsa'ya para yardımında bulunması konusunda babamla konuşmayı bile teklif ettim, ama Vittorio sanki hakaret etmişim gibi öfkelendi.

Öte yandan sürekli dış görünüşümü eleştirerek canımı yakmaya başlamıştı. Bir deri bir kemik kaldığımı, ancak bir çalı süpürgesi kadar çekici olduğumu söylüyordu. Bacaklarım çırpı gibi incelmişti. Bir gece yanlış kardeşi seçtiğini haykırdı. Elsa tam bir dişiydi. O bir erkeği, hayal edemeyeceğim kadar mutlu etmeyi bilirdi. Hıçkıra hıçkıra ağlamaya başlamam üzerine istediğini elde etmiş gibi hemen sakinleşti. Beni kollarına aldı ve sevgi sözleriyle sarmaladı. Öpücüklere boğarken, arada bir kendini kaybedip kabalaşmasının nedenleri olarak iş hayatını, dinlemek zorunda kaldığı yalanları, ihanetleri, çirkinlikleri saydı. Yine tutkuyla seviştik ama hayatımda kendimi hiç bu kadar aşağılanmış hissetmemiştim. Hem kardeşime nasıl saygısızlık edebilmişti?

Kardeşime, en iyi arkadaşım ve sırdaşıma içimi dökmek istiyordum ama bir şeyler beni frenliyordu. Utanç mı? Mahremiyet mi? Bugün olsa altıncı his derim..."

Adele susuyor. Bakışları sertleşti. Geçmiş, yaralarının hesabını sormaya geldi, ama o bakışlarda ne unutan ne de affeden birinin kararlılığı var.

"Gerçek gözlerimin önündeydi, ama ben tüm gücümle görmezden geliyordum. Gelgelelim er geç yüzleşecektik. Her seferinde, saf, hayalî açıklamalarla görmezden geldiğim çok fazla işaret vardı. Bir zamanlar aşk titreşimleri yayan –öyle olduğunu mu sanıyordum yoksa?– evimizde şimdi kulak tırmalayan çığlıklar yankılanıyordu. Mantıklı düşündüğüm ender anlarda, sanki çatlayan aynaların, paramparça olan camların seslerini duyuyordum.

Günler akıp gidiyordu ve durum düzeleceği yerde daha da kötüye gidiyordu. Elsa açıkça kaçıyordu benden. Küçük bir yayınevinde sekreterlik işi bulmuştu. Sabah evden erken çıkıyor, akşam geç saatte dönüyordu. Bir gün pencereden bakarken sarışın bir çocukla yan yana gördüm onu: Çocuk eve kadar getirmişti. O an, köşeden

Vittorio çıktı. Elsa'yı fark edince de yanlarına gitti. Tehditkâr bir tavrı vardı. Ne söylediğini duyamadım, ama Elsa'nın ifadesinin değiştiğini fark ettim. Alelacele arkadaşıyla vedalaştı ve başı önde Vittorio'nun peşinden yürüdü. Vittorio çok öfkeliydi. İhanete uğramış bir eş gibi davrandığını düşündüm, ama sanki sinek kovar gibi o düşünceleri kafamdan attım.

Bir süredir uykusuzluk çekiyordum. Doktor bir sakinleştirici yazmıştı. Yatmadan önce kocam kendi eliyle bana bitki çayı hazırlar, ben de ilacı çayla içerdim.

Çayı komodinin üzerine koyarken, 'Damlaların için,' der ve alnımdan öperdi.

O hareketi, tüm gücümle sarıldığım o ilk günlerdeki romantizmini hatırlatıyordu. Her şey bitmemişti henüz, külün altında hâlâ ateş vardı. Tüm tutarsızlıklarına, kötü davranışlarına rağmen beni seviyor, bu olanlar gelip geçici diye tekrarlıyordum içimden, uykuya dalmadan önce. Bir gece midem rahatsızlandı ve ilaçla birlikte yediklerimi çıkardım, ama Vittorio fark etmedi. O gece sessizce yataktan kalktığını duydum. Kalkıp onu aramaya karar vermeden önce bir saat geçti. Koridorda boğuk bir ses duydum. Kabul etmekte zorlansam da hemen tanıdım sesi. Birileri sevişiyordu. Elsa'nın kapısı kapalı odasının önünde durdum, ama açmaya cesaret edemedim. Nasılsa artık biliyordum. Geceyi uykusuz geçirdim.

Vittorio sabahın beşinde döndü odaya ve hiçbir şey olmamış gibi yanımda uyudu. Birkaç saat sonra çalar saat çaldı ve o, her zamanki gibi, uyandığında beni aradı. Artık bazı şeyleri utanmadan itiraf edebilecek yaştayım: Keşfetttiğim gerçeği olanaksızmış gibi göz ardı etmem için, beni arzuladığını hissetmem yeterliydi. Doyumsuz iki âşık gibi seviştik, ama belki de ben öyle olduğumuzu inanmaya zorluyordum kendimi.

Tabii ki bir yanım bunun uzun sürmeyeceğini biliyordu. Gerçekle eninde sonunda yüzleşmeliydim. Evet ama, gerçek neydi?

Sonraki günleri ikisini gizlice inceleyerek geçirdim. Vittorio iyi günlerinin sahte neşesini sergiliyordu. Yüzünde yazdan kalma hafif bronzluk vardı. Sabahları onu tıraş olurken, kıvırcık saçlarını geriye doğru tararken izliyordum. Yakası kolalı, yeni ütülenmiş beyaz gömleğini giyerken, düğmeleri iliklemesine yardım ediyordum. Kol düğmelerini takıyor, kravatını bağlıyordum. O da kendini bana bırakıyordu. Başım çenesine anca gelirdi, diş macunu ve tütün kokan nefesinin alnımı okşadığını hissediyordum ve gözlerim kapalı, her hücremde onu hapsetmeye çalışıyordum. İşim bittiğinde, uzanıp yanağına masum bir öpücük konduruyordum. Hiç olmadığı kadar yakışıklıydı. Ve beni seçmiş, benimle evlenmişti. Daha ne isteyebilirdim ki? Eğer bu bir yarışsa ben çoktan kazandım, diye düşünüyordum. Ama hemen ardından kendimi suçlu ve mutsuz hissediyordum.

Elsa iş bulmuştu ama bundan mutlu olmak yerine söyleniyordu. Yorulduğundan yakınıyor ve eve geldiğinde çoğunlukla odasına kapanıyordu. Bir keresinde onu koridorda burnunu çekerken ve gizlice gözlerini silerken buldum. Hafiften mutlu oldum. Belki kavga etmişlerdir, diye umdum. Belki kocam her zaman, her şekilde beni daha çok seveceğini söylemişti. Belki onu terk etmişti. Belki... Bu hale gelmiştim işte: Onun mutsuzluğundan haz duyuyordum. Hatta bundan besleniyordum. Sonra, bir sabah onu gülümserken, neşe içinde görüyor ve yeniden umutsuzluğa kapılıyordum. Belki de Vittorio onu tercih etmişti. Belki beni bırakmak üzereydi. Belki... Belirsizlik beni yiyip bitiriyordu.

Hayatımı kurtarmak için yapabileceğim tek bir şey vardı ve bu aslında ölümden de beterdi: Onunla yüzleşmek. Ondan bir açıklama beklemek. Karar vermesini istemek... Ama bu, asla öngöremeyeceğim, tamiri mümkün olmayan ve henüz hazır olmadığım sonuçlar doğurabilirdi. Beni seçeceğinin garantisini kim verebilirdi? O zaman korkudan taş kesiliyordum. Böyle devam etmeyi, bıçak sırtında yaşayıp yavaş yavaş ölmeyi tercih ediyordum."

Tok bir ses Adele'nin sözünü kesiyor. Herkes duyuyor ve irkiliyor. Her zamanki sakar Leonardo'ya dönüyorlar: İstemeden kütüphanenin rafından bir biblo düşürdü. Allahtan kırılmadı.

Bibloyu yerden alıp yerine koyarken, "Özür dilerim!" diyor.

Giulio ve Annamaria kıkırdıyor. Signora Conforti bile eğlenmiş gibi. Bir zamanlar sinemada, on dakika ara verildiğinde ışıkların yanması gibi. Seyirciler bacaklarını hareket ettirirken, sigara içerken, tuvalete giderken, dondurma alırken, birkaç dakikalığına aşk hikâyesine ara verilir, gizemin çözülmesi, yanlış anlaşılmanın açıklığa kavuşmasının bir süre beklemesi gerekirdi. Sonra tekrar ışıklar söner ve sinemanın büyüsü her türlü fiziksel ihtiyaca üstün gelir seyircileri tekrar sarmalardı. Elena, kendi kendine söylenerek, "Neden sinemalarda artık ara verilmiyor?" diye soruyor.

"Bir şey mi dedin?" diye soruyor Giulio.

"Yok, kendi kendime konuşuyordum." Aklından geçenleri söyleyerek konuyu dağıtmanın zamanı değil şimdi. Doğuştan gelen bir hikâye anlatma yeteneği olan Elena ne zaman konuşulması ne zaman susulması gerektiğini gayet iyi biliyor. Lafın gelişi "film arası" da bittiğine göre, kadının bir an önce hikâyesine kaldığı yerden devam etmesini istiyor. Işıkların sönüp salonun tekrar karanlığa bürünmesi.

"Bana kalsa, gerçeği, yani kardeşimle kocamın ilişkisi olduğunu sonsuza dek görmezden gelebilirdim. Hatta hemen her gece birlikte oldukları gerçeğini de. Hem de bizim evimizde, ben koridorun diğer ucundaki odada tek başıma yatarken. Gerçek gözümün önünde tüm çıplaklığıyla dururken, bir uykuda gibi o eski, güzel hayatıma devam edebilirdim. Ama Vittorio'yu hesaba katmamıştım. O, eğlenmek için sürekli farklı oyunlar oynamak isteyen bir çocuk gibiydi. Sıkılmış olmalıydı ki, bir üst seviyeye taşımak istedi. Ya da ikimizi birden seviyordu, ama acı çektirmeden sevmeyi bilmiyordu. Belki o da değil... Belki aramızdaki bu rekabetten hoşlanıyordu. Bizi karşı karşıya getirmekten zevk alıyordu.

Biliyorum, hasta, şeytani ve acımasız bir adam olduğunu düşünebilirsiniz, ama onu tanımadınız. Ne kadar çekici, tatlı ve zeki olduğunu bilemezsiniz. Salt varlığının bile her şeyi nasıl aydınlattığını. Karmaşık bir kişilikti, bu doğru. Benim gibi ona körü körüne inanan biri için fazla karmaşık. Yaşadığımı hissetmek için onunla aynı havayı solumam yeterliydi. Onu kaybetme fikri soluksuz bırakıyordu beni. Terk edilme korkusu ile onun aslında her şeye sahip olduğu, bundan vazgeçmesi için ortada bir neden olmadığı düşüncesi arasındaki gidip geliyordum. Hangi erkek, görünürde bir sorun olmadan karısı ve metresiyle yaşayabilir ki? Sanki incecik, belli belirsiz bir buz tabakasının üzerinde yürüyorduk.

En küçük şeyde kırılabilirdi.

Ve işte o küçük şey oldu."

Adele Conforti susuyor. Zihninin karanlığına yansıyan, yıllardır tekrar tekrar yaşadığı o sahne yeniden zihninde canlanmış gibi gözlerini kapatıyor.

"Bir pazar sabahıydı. Haziranın son günleri, hava sıcaktı, güneş balkona açılan kapıdan içeri giriyordu. Elsa uyuyordu ya da en azından ben öyle düşünüyordum. Vittorio mutfaktaydı, Kendine kahve yapmış, fincana koyuyordu. Üzerinde, kollarını kıvırdığı mavi bir gömlek vardı. Bronz teni adalelerini ortaya çıkarmıştı. Üstümde gecelik, yüzümde uyku mahmurluğu, omuzlarıma inen saçlarım açık mutfağa girdim. Saf, sinsilikten uzak ifadem ona tahammül edilemez gelmiş olmalıydı.

Yılan gibi gülümsedi ve, 'İşte benim saf bebeğim,' dedi. 'Ama bana yutturamazsın. Asla.'

'Ne demek istiyorsun?' dedim.

'Ne demek mi istiyorum? Benimle oyun oynamayı bırakabilirsin artık diyorum. Bildiğini çok iyi biliyorum.'

'Anlamıyorum,' dedim cılız bir sesle.

'Anlamıyor musun, yoksa anlamak mı istemiyorsun?'

Kapının önünde ayakta duran Vittorio, sırtı sabah güneşine dönük, vahşi bir ifadeyle bana bakıyordu. Avın üstüne atlamaya hazır bir aslan gibiydi. Kıvırcık saçları yeleyi andırıyordu.

'Kardeşinle yattığımı çok iyi biliyorsun, ama işine geldiği için sesini çıkarmıyorsun. Beni tavlaması fikrinin senden çıktığına bahse girerim. Birlikte beni avucunuzun içinde tutacağınızı düşündün. Doğru değil mi? Söylesene? Doğru değil mi?' Sesini yükseltmiş, bağırmaya başlamıştı.

Konuşamıyordum. Boğazım kurumuştu. Günlerdir, sabah kalktığımda Vittorio'nun beni terk edip Elsa'yla birlikte gittiği, tek başıma kaldığım endişesiyle uyanıyordum ve o şimdi beni, kardeşim Elsa'yı kullanarak arkasından iş çevirmekle suçluyordu. Donup kalmıştım. Ayak seslerinden Elsa'nın mutfağa, yanımıza geldiğini anladım.

'İşte sevgili kardeşin. Oyununuzun devam edeceğini düşünüyorsanız yanılıyorsunuz. Başından beri seçim yapmanın bana düşeceği belliydi gerçi. Belki de o an geldi. Öyleyse şunu aklınızdan çıkarmayın! Elinizde kukla olmayacağım! Bir erkek, gerçek bir erkek için aşkı kutsaldır!'

O an aklımdan bir sürü düşünce geçti, ama her şey

bir anda oldu. Bir yandan içimden itirafın gerçek nedenini sorguluyor, bir yandan da hiçbir şeyin eskisi gibi olmayacağını kabullenmeye çalışıyordum. Korku eşiğini aştıktan sonra birbiri ardında gelen soru işaretlerinin hücumuna uğradım. Vittorio bana ihanet ettiği için pişman mıydı yoksa beni terk mi edecekti? Peki ya Elsa? O bunu bana nasıl yapabilmişti? Bu dünyada en sevdiğim insanlar bana bunu nasıl yapabilmişti? Çifte ihanetle sarsılmıştım. Vittorio'yu kaybetmek istemiyordum, bütün o yaptıklarına rağmen onu hâlâ tüm benliğimle seviyordum. Ama sonunda beni seçse bile, hiçbir şey olmamış gibi onunla yaşamaya devam edemezdim. Ya Elsa? Onu ne kadar çok sevmiştim... Peki ya şimdi!? Vittorio onu benden almış, o da kalbimi kırmaya çekinmemişti. Hem umutsuz hem de çaresizdim. Ve içimden yükselen güçlü bir öfke dalgasına engel olamadım.

Gözlerinin içine baktım ve kısık ama delici bir sesle, bana istediği gibi hakaret edebileceğini ama kardeşimin adını bir daha asla ağzına almamasını söyledim. Yanı başımda duran Elsa'nın, nefesini tuttuğunu hissediyordum. Ona döndüm ve bir asır gibi gelen bir an birbirimize baktık. Bir şey konuşmasak da sanki sessiz iletişim kuruyorduk. O an, aramızdaki derin bağın asla kopmadığını ve Vittorio'ya duyduğumuz hastalıklı sevgiden daha güçlü olduğunu anladım.

Kocam, dikkatimizi çekmek için, 'E, o halde?' diye bağırdı.

İkimiz de ona doğru döndük.

'Demek işbirliği yapmaya karar verdiniz? Pekâlâ, öyleyse ben de geri adım atmıyorum, anladınız mı?' dedi. Bu arada cebinden çıkardığı paketten bir sigara almış, teatral bir edayla yakıyordu.

'İstediğiniz bu demek?' dedi dumanı havaya üfleyerek. 'Siz... siz nesiniz biliyor musunuz? iki aptal küçük orospusunuz... Kendinizi ne sanıyorsunuz ha, gösterin hadi bana!'

Ama o hakaret dolu cümlesini bitiremedi, çünkü sigarasını tekrar ağzına götürürken, işçilerin henüz korkuluğu takmadığı balkonun kenarına doğru bir geri adım attı. Dengesini kaybetti ve düştü.

Sekiz metreden aşağı düşen kimse hayatta kalamazdı. O bile."

İstanbul, 22 Nisan 1978

Sevgili Adele,

Son mektubumda yazdıklarım hazmı zor şeylerdi, biliyorum, ama inan bana bunları kabullenmek benim için daha zor. Bu yüzden bugün sana sadece ne kadar mutlu olduğumu anlatmak istiyorum. Bedensel zevklerin hükmettiği ve arzu dolu bakışların buharla karıştığı küçük krallığımda, yeni bir iç huzura kavuştum sanırım. Hiç tanımadığım bu his, yavaş yavaş kaygılı ve öfkeli karakterime nüfuz ederek etkisini gösteriyor.

İnanılmaz değil mi?

Arkadaşlarım da şaşkın. Hamamın bedenimi de ruhumu da yumuşattığını söylüyorlar. Gevşetici etkisi beni gerçekten daha anlayışlı ve sakin biri yaptı. Bir yere kadar ama.

Dün, örneğin, büyümekte kararsız olan bir sevgilinin bonservisini verdim. Hep çocuk kalanlara itirazım yok, ama eğer sanayici bir ailenin tek mirasçısıysan, kırk yaşında işe dört elle sarılman gerektiğini ve yaşlı babanın sırtına yük olmaktan vazgeçme zamanı geldiğini bilmelisin. Eskiden olsa umursamazdım belki, ama işkadını olunca, karşımdakilerden daha kararlı ve sorumlu olmalarını bekliyorum.

Sadece şairler ve sanatçılara çalışmama lüksünü tanıyabilirim. O hassas kişiliklere göz yummalı, çünkü zaten yeterince fırtınalı bir hayat yaşıyorlar. Yaratmak acı verici olabilir, kişinin ruhunu parçalar. Ama duyguları dışa vuran bir şiirin ya da bir arzunun coşkusunu yansıtan bir tablonun güzelliği, çekilen her acıya bedeldir: Gerçek bir sanat eseriyle karşılaşmanın, sana hediye edilen değerli bir parçaya bakmanın verdiği mutluluk hiçbir şeyle kıyaslanamaz.

Bildiğim için yazıyorum bunu; birçok sanatçı tanıma şansına sahip oldum, bazılarıyla samimi dostluğumuz hâlâ devam ediyor. Her birinden hazine değerinde bir hatıra var bende. İthaflı bir şiir, bir portre, bir heykel...

Geçen hafta, yıllardır Roma'da yaşayan bir delikanlı geldi hamama. Yönetmenlik eğitimi aldığını anlattı. İstanbul'da doğup büyümüş ama hayatında hiç hamama gitmemiş. Güldük. "Pekâlâ," dedim, "hadi, neden buradasınız anlatın bana? Sizi hangi rüzgâr attı buralara?" Her müşterilerimle yaptığım gibi tüm içtenliğimle sormuştum.

"İnanmayacaksınız ama bir İtalyan arkadaşım tavsiye etti. Birkaç ay önce, tanıdıkları onu buraya getirmiş. Onlara göre burası İstanbul'un en iyi hamamı. Herkesin dilinde..." diye nazikçe cevap verdi. Sonra, bahane bulmak istermiş gibi, ekledi: "Aslına bakarsanız sadece meraktan..."

Ona hemen sempati duydum. Çünkü alabildiğine samimi ve içtendi, tüm o ürkekliğine rağmen... Benimle konuşurken bir yandan antreyi inceliyor bir kaçış yolu arar gibi geldiği kapıyı, arka sokağa açılan ikinci girişi kontrol edip duruyordu. İyi bir aileden geldiği ve çok iyi bir terbiye aldığı belliydi; açık ki onu frenleyen de buydu. Eğitim bazen, kurtulması güç zırhlar yaratır. Bunu, özellikle de erkeklerde hemen fark edecek kadar tecrübe biriktirmedim mi dersin... Mamafih, "Allahaısmarladık," deyip arka sokakta hızla kaybolmadan önce, onun bu kadarla yetinmeyeceğini biliyordum.

"Veda etmiyorum çünkü tekrar görüşeceğimizden eminim," diye bağırdım arkasından. "Hatta bu kez içeri gireceğinizden de: Döndüğünüzde sizden para almayacağım."

Aynen tahmin ettiğim gibi iki gün sonra geldi.

İtalya'da eğitim gören Orhan adlı bu çocukla arkadaş olduk. Artık her gün geliyor. Bir hafta sonra döneceği Roma'dan söz ediyor bana, ben de hamamı, müşterileri, dostlarımı anlatıyorum. Hikâyelerim onu eğlendiriyor ve ben de dinlemesini bilen birini bulmuşken anlatmaktan çekinmiyorum.

Akşamüstü geç vakit geliyor, yıkanıp masajını yaptırıyor, sonra yanıma, antredeki "ofis"ime geliyor. Müşteriler için ayırdığım tahta taburelerden birine oturuyor ve ikram ettiğim çayı içerken hayatım hakkında sorular soruyor. Sanırım beni ilginç buluyor: İstanbul'da hamam işleten bir kadın görülmemiş. Başka bir yerde de yoktur büyük olasılıkla. Kim bilir belki Orhan günün birinde ünlü bir yönetmen olur, ben de filminin bir kahramanı! Arkadaşlarıyla buluşmaya ya da Kalamış'ta beyaz bir yalıda yaşayan annesini görmeye gidene kadar sohbet ediyoruz.

Ama son zamanlarda ara sıra gerginleştiğini, huzurunu kaçıran bir endişeyle boğuştuğunu fark ettim. O anlatana kadar ne olduğunu anlayamıyordum. Buraya geldiği ilk gün soğukluktan, hamamın tam ortasında yer alan, yoğun buharla kaplı hararet bölümüne geçerken, bir genç görmüş. Doğaüstü bir görüntüymüş sanki. Havluyla sarılı heykel gibi vücudu, belirgin ve uyumlu yüz hatları, ela gözleri ve omuzlarıyla, göğsüne damlayan ıslak saçlarıyla çok yakışıklı bir genç erkek. Önce çekingen, sonra fütursuzca bakışmışlar. Yabancı onu elinden tutmuş ve yavaşça bir sütunun arkasındaki nişe çekmiş, sonra ince ama yakıcı bir sis bulutu arasında sarılıp öpüşmüşler, tek beden olmuşlar. Orhan gözlerini kapattığında sanki hâlâ onun ağ-

zının tadını, dilinin yumuşaklığını, sırtını okşayan parmaklarının gücünü hissediyor gibiymiş.

Sonra, zevkin doruğundayken, gizemli genç kollarından sıyrılmış.

Orhan, konuşmadıkları halde, ilk kez biriyle böyle mahrem bir şey yaşadığını itiraf etti.

Bedenlerini kurularken yabancı, sanki ilk birlikteliklerini en güzel yerinde sonlandırdığı için özür dilemek istermişçesine gülümsemiş. Herkese açık bir yerde kendini rahat hissetmediğini söylemiş. Ve daha rahat edecekleri evine gitmeyi teklif etmiş: Evi çok uzak değilmiş. Hamamın dışında randevulaşmışlar.

Bu noktada Orhan sustu. Gözlerinde mutsuz, huzursuz bir ifade belirdi.

"Ee, ne oldu sonra? Gittin mi evine?" diye sordum sabırsızlıkla.

Hayır. Orhan hamamdan çıktıktan sonra onu bir daha görmemişti. Uzun süre onu giriş kapısının önünde beklemiş, ama o gelmemişti. Adını bile bilmediği o genç yok olmuştu.

O günden sonra, tekrar onu görebilme umuduyla hamama gelmiş, ama boşuna. Neden bir daha görünmemişti? Ne olmuştu? En azından nedenini bilmek istiyordu.

"Bu soruya ben yanıt verebilirim," dediğimde yüzünden nasıl şaşkın bir ifade belirdi görsen!

Ama korkarım bu açıklamam, hem üzüntüsünü hem de hayal kırıklığını artırmaktan başka bir işe yaramadı. Ne mi olmuştu? Çok basit, onu yanlış yerde beklemişti!

Orhan'ın hamamın hep ikinci girişini kullandığını, ana kapıyı bilmediğini fark etmiştim, çünkü ahşap bölmenin arkasında kaldığı için antreden seçilmiyordu. O gün, yakışıklı yabancı meydana bakan girişin önünde, o da ara sokakta, birbirlerini boşuna beklemişlerdi!

Teselli niyetiyle, dilerse yabancının kimliğini araştırmayı teklif ettim ona, ama garip şekilde anlattıkları, ha-

mamın müdavimlerinin hiçbirine uymuyordu. Doğaüstü güzelliğe sahip bir genç?..

Ne yazık ki birkaç gün sonra Roma'ya dönecek: Onun gibi güçlü bir çocuk, aslında hiç gerçekleşmeyen bu buluşmayı unutmakta zorlanmayacaktı.

Bu olay, kaçırılan fırsatları düşünmemi sağladı. Kim bilir, farkında olmadan, hayatımız boyunca ne fırsatlar kaçırdık...

Ve bizim, sevgili Adele, bizim bir fırsatımız olacak mı?

Olması dileğiyle...

Elsa'n

"Bir dilim pasta ister misiniz? Öğle yemeği için hazırlamıştık, gidip getireyim," diyor Giovanna. Dinlediklerinden sonra normalleşmeye ihtiyacı var. Ev yapımı bir tatlının normalliği. Hem Adele tek bir bisküvi bile yemedi ve aç karnına içtiği konyak onu endişelendiriyor. O da kendini biraz tuhaf hissediyor.

Ama Signora Conforti tepki vermiyor. Boş bakıyor: Geçmişe yaptığı yolculuk onu halsizleştirdi. Aslında o yolculuktan henüz dönmedi. Orada, 1960'lı yılların sonunda, balkonda kaldı hâlâ. Tek büyük aşkını, sevmekten ve nefret etmekten hiç vazgeçmediği o adamı yutan boşluğa bakıyor belki de. Gençliğinin harabeleri arasında, kim bilir ne zamandan beri uzak durmaya çalıştığı o engebeli arazide dolaşıyor. Yukarılardan bir yerden, mutluluktan kâbusa dönüşen ilk evliliğine bakıyor ya da. Ve o zaman olduğu gibi kelimeleri tükeniyor.

Leonardo kısık ama Giovanna'nın duyacağı bir sesle, "Ne pastası, bence hepimizin daha sert bir şeylere ihtiyacı var, bir kadeh viski mesela," diye mırıldanıyor.

Giulio söze giriyor: "Neredeyse akşam yemeği vakti... Makarna için su koyabilirsin, ben yardıma hazırım."

Herkes, içlerini saran o kaygı verici duygudan kurtulmak ister gibi. Signora Conforti'nin son sözleri kanlarını dondurdu. Elsa'nın hayatını kaybettiği odadan birkaç metre ötede, elli yıl önce, sevgilisinin, hayatının baharındaki adamın da trajik bir kazada öldüğünü öğrenmişlerdi ne de olsa. O evde ardı ardına yaşanan ölümler huzursuz ediciydi. Evin eski sahibesinin cılız nefesinin, gözlerindeki o perdenin, o sert duruşunun huzursuz edici olması gibi.

Sergio telaşla, "Signora Conforti? Signora Conforti?! İyi misiniz?" diye soruyor.

Kadın kendine gelerek, "Saat kaç oldu?" diyor.

Giulio kolundaki, saatten çok kalp atışlarını kontrol ettiği akıllı dijital alete bakarak, "Yediyi çeyrek geçiyor," diye yanıtlıyor. Doktorla evli olması hastalık takıntısını geçirmeye yetmedi.

"Hay Allah, geç olmuş. Gitmem gerek."

Adele Conforti kalkar gibi oluyor ama duraksıyor, birbirine zıt iki gücün etkisi altında sanki: kaçma isteği ve anlatma arzusu.

Giovanna ısrarcı: "Yeniden direksiyon başına geçmeden önce bir kahve içseydiniz en azından." Aslında o da diğerleri gibi kadının hikâyesini tamamlamasını istiyor. Nasıl sonuçlandığını anlatmasını. Kardeşinden sonsuza dek ayrılmasına ve her şeyi sonlandıran o trajik kazadan sonra bile onu affetmesine engel olan şeyi. Adele teklifi kabul ediyor.

"Tamam, bir kahve alırım. Şekersiz, sağ olun. Çok naziksiniz."

Son kelimelerini, yaşlılara özgü o buyurgan tonu yumuşatma bilinciyle eklediği anlaşılıyor.

Nitekim onu ikna etmek pek zor olmadı. Giovanna mutfağa gidip espresso makinesine su koyarken kendini biraz suçlu hissediyor. Merakı yüzünden, o yaşını başını almış ve kardeşinin kaybından dolayı sarsılmış kadın, tek başına, yarı karanlık yollarda araba kullanacaktı.

Sergio, "Yardım etmemi ister misin?" diye soruyor. Giovanna irkildi. Geldiğini duymamıştı.

"Olur, tabii. Üst raftan şu kırmızı kahve kutusunu alır mısın, boyum yetişmiyor."

"Memnuniyetle hanımefendi."

Sergio kavanozu almak için kaslı kolunu uzatıyor ve Giovanna, elli yıl önce bu evin sahibi olan ve aynı anda hem aşk hem de nefretle beslediği iki kız kardeşin kaderlerini değiştiren o şeytani ve çekici adamı düşünmeden edemiyor. Onun mekânıydı burası. Sonra bir sabah girdiği bu mutfaktan bir daha çıkamamıştı. Ürperiyor. Bir kez daha ne kadar şanslı olduğunu tekrarlıyor. Onun Sergio'su, dünyanın en sevecen ve düzgün adamı. Sahi, demin nasıl şüphelenebildi sadakatinden!

Giovanna bir kez daha hayatından ne kadar mutlu olduğunu tekrarlıyor. Sergio'suz bir hiç olurdu. O soluduğu hava, her şeyin anlamı. Belki bu yüzden onu kaybetmekten bu kadar korkuyor. Ve yine bu yüzden, bazen endişelerine yenik düşerek zihninde akla gelmeyecek şeyler kurguluyor ve nedensiz yere ondan kuşkulanıyor, aynen az önce yaptığı gibi. İstemsiz bir şekilde pencereye bakıyor ve ilk kez kendi evinde huzursuz hissediyor. Geçmiş geri dönmek istermiş gibi. Hiç görmediği, tanımadığı Vittorio'nun bulanık görüntüsü ile kocasının yüzü üst üste geliyor. O da Sergio gibi avukattı! Bu tesadüf, kötü bir önsezi gibi onu huzursuz ediyor. Sanki aşkının tehlikede olduğunu ikaz eden siyah bir gölge.

Her şeyden habersiz Sergio gülümsüyor. Ne düşünüyor acaba? Giovanna ona sarılmak istiyor. Onu korumak ya da belki hep yanında tutmak için. Tam ona doğru giderken, arkadan gelen bir şey onu durduruyor. Gelen Leonardo. Tabii ya, Sergio ona gülümsüyor. Giovanna kendi kendine, "Aptalsın," diyor: Kocasının yüzündeki ifadeyi, baş başa kalmanın mutluluğu olarak yorumlamıştı, ama gerçek hep daha basit. Gerçek, seni güldürmek için kaş göz hareketi yapan bir arkadaş. Garip olan şu ki, bunu fark ettiğinde içini tarifsiz bir hüzün kaplıyor.

"Ne yapıyorsunuz? İçeride ölüm sessizliği var. Aman Tanrım. Tüylerim diken diken oldu. Hâlâ da öyle, bak!" İkisine de söylüyor ama ince tüylerle kaplı kolunu Sergio'ya gösteriyor.

"Hadi ordan. Derin kayış gibidir senin." Sergio düz karnına çimdik atarak onunla dalga geçiyor.

Leonardo cevap olarak musluğu açıp, nispet yapan çocuk gibi üstüne su sıçratıyor. Bitmek bilmeyen bu gazetirip, saçma pazar günü üstlerine çöken karamsarlığa tepkileri bu. Ne çocukça, diye düşünüyor Giovanna başını sallarken. Bu kadar yakın olduklarının hiç farkına varmamıştı. İçinde yine o tuhaf sızı. Kendini aralarında bir yabancı gibi hissediyor.

"Ee, ne oluyor? Kahve hâlâ hazır değil mi?" Elena kontrole geldi. "Birazdan hava kararacak. Böyle bir günden sonra bu zavallı kadını gece tek başına yola çıkarmak istemiyorsunuzdur umarım."

Giovanna, "Ne dersin, bu gece burada kalmasını teklif edelim mi?" diye soruyor.

Sergio, "Kabul edeceğini sanmıyorum," diyor.

Neşeli havadan eser kalmadı. Kimsenin şaka yapacak hali yok. Bu arada diğerleri de mutfağa geliyor. En son da Adele Conforti. Sanki bir şey –ya da biri– onu sürüklüyormuşçasına, kardeşinin öldüğü iskemleye doğru gidip oturuyor. Kimseden çıt çıkmıyor. Sonra herkes, her şeyin başladığı masada yerini alıyor.

Adele boş gözlerle kahve fincanına bakarken, "Bir insanın gözünün önünde öldüğünü görmenin ne demek olduğunu açıklamak neredeyse imkânsız," diye mırıldanıyor.

Altı çift kulak ve altı çift göz, tek kelimesini, tek bir hareketini bile kaçırmıyor. Giulio bir an için oradaki herkesin bunun ne demek olduğunu bildiğini, çünkü orada az önce birinin öldüğünü ona hatırlatmak istiyor. Ama Allahtan kendini tutuyor.

Kadın, daha çok kendi kendine konuşur gibi, tereddütle devam ediyor: "Evet, o an ondan nefret ediyordum, aynı zamanda umutsuzca onu sevmekten kendimi alıkoyamasam da. Ama ölümüne seyirci olmak... korkunçtu. Hem, tüm gücünle birinden nefret etmek ne demek? Hiçbir şey. Neticede nefret aşkın bir parçası, madalyonun öteki yüzü değil midir? Küçük düşürülmenin, kuşkunun ve kıskançlığın zehirlediği bir aşk, ama bu, gerçekliğinden bir şey götürmüyor... Yeniden onun olmaya, her şeyi unutup geride bırakıp için ayaklarına kapanmaya hazırsın. O günkü kavgamız sadece bir pantomim, bir oyun olabilirdi. Kim bilir kaç kez tekrarlanırdı ve sonra yeniden başlar, belki en sonunda da barışırdık. Gerçi asla böyle olmayacağını içten içe biliyor ama yine de kendimi bu düşüncelerden alamıyordum. Zaten hiç de sağlıklı olmayan dengemiz tam anlamıyla altüst olmuştu, ama hiçbirimiz sonuçlarını öğrenme fırsatını bulamadık. Kaza, oyunun kurallarını tekrar değiştirdi.

Yıllarca o sahne beynimde canlandı durdu. Vittorio sigarasını umursamazca yakıyor ve neşter gibi keskin hakaretler savurarak bizi kışkırtıyor. Kardeşimle uzunca bir süre göz göze geliyoruz. Ve ben, sonra tekrar ona dönüyor, dudaklarından havaya karışan dumanı gözlerimle takip ediyorum: Sanki onlar gibi uçup gitmek, havada kaybolmak istiyorum... Daha da ileri gitmesinden korkuyordum. Kaldı ki Vittorio sözleriyle canımı yakmayı iyi bilir, bundan hiç geri durmazdı. Ama kader pusuda bekliyordu. O an, o noktada geri adım atması onun yazgısını belirledi..."

Giovanna, "Onu tutmaya çalışmadınız mı peki?" diye soruyor.

"Korkuluğun takılmadığını bilmiyor muydu?" diye araya giriyor Annamaria.

"Tabii ki biliyordu," diye sertçe cevap veriyor Adele. Ama ses tonu pek inandırıcı değil.

Birkaç saniye için herkes birbirine bakıp susuyor.

"Bağırmaz olmaz mıyız? İkimiz de var gücümüzle bağırdık. Ama Vittorio bize zehir saçmaya o kadar kaptırmıştı ki, duymadı bile. Dengesini kaybetti ve düştü. Olan buydu işte, dünya bir anda tersine dönmüştü... Ama sonra... sonra büyü bozulduğu gibi tekrar canlandı... Birkaç saat öncesine kadar imkânsız gibi görünen şey, düşündüğümden çok daha tahammül edilebilir ve güzel gelmişti. Çünkü Vittorio artık yoktu, evet, ama... bundan böyle asla beni bırakamaz, terk edemezdi.

O günden sonra o hep benimle oldu. Yokluğu her türlü varlıktan daha gerçek. Yaşamaya devam ettim, yeniden evlendim, bir çocuğum oldu, ama içimde hiçbir şey değişmedi. Tabii, zamanla onu aklımın bir köşesine saklamam gerekti, ama bugün sizden gelen telefonla eskisinden daha canlı belirdi. Şu an bile Vittorio yine karşımda, elinde sigarası, yaz sabahının ışığında parlayan asi kıvırcık saçları. Sanki elimi uzatsam dokunabilecekmişim gibi.

O zaman her şey çok çabuk olup bitti, ama zihnimde hep ağır çekim bir film gibi canlanıyor. Bir kolunu flamenko dansçısı gibi yukarı kaldırıyor, kendi etrafında dönüyor ve çığlık bile atmadan geriye düşmesiyle boşluk onu yutuveriyor... Son sözleri hâlâ havada yankılanıyordu, ama Vittorio artık yoktu. Geride sadece sigarasının o ince dumanı kalmıştı...

İkaz çığlıklarımız çok geç kalmıştı. Korkunç bir felakete şahit olmuştuk.

İlk ben topladım kendimi. Evin duvarına tutunarak balkondan aşağı baktım. Uzanıp baktığımda avlunun bir köşesini ve yerde, kıvrılmış bacaklarını görüyordum. Bedeninin diğer kısımları görünmüyordu. Birkaç saniye, hareket eder umuduyla, hipnotize olmuş gibi kaldım. Vittorio'nun kalkıp aramıza dönmesi, gömleğindeki tozları silkeleyip, hiçbir şey olmamış gibi bizi kışkırtmaya devam etmesini bekliyordum. Ama tabii böyle bir şey olmadı.

Sonra babama telefon etmeyi akıl ettim. Ne yapmam gerektiğini o söyledi. Kaza olmasına rağmen şüpheleri üzerimize çekmeyi engellemek, ailenin adına leke sürmemek için bazı önlemler alınması gerektiğini hemen anladım. Sözgelimi, en iyisi kaza meydana geldiğinde evde kurbandan başka kimsenin olmamasıydı.

Komşulardan gören olup olmadığını sordu, birinci katta oturan yaşlı kadın haricinde herkesin o günlerde şehir dışında olduğunu söylediğimde de rahatladı. Hemen, bir an önce evden çıkmamızı ve kiliseye ya da bir kafeye, kalabalık herhangi bir yere gitmemizi söyledi. Döndüğümüzde, eğer korkunç 'kaza'yı ilk biz fark etmişsek, o zaman polisi arayacaktık. Öyle de oldu ve dediklerini harfi harfine yaptım.

Elsa'nın kendini kaybedip itiraz etmesinden korkuyordum. Ama ben babamla telefonda konuşurken o donakalmıştı. Babamın söylediklerini bir bir anlattıktan sonra aceleyle giyinip çıktık. Onu elimden tutup sürüklerken gıkını çıkarmadan beni takip ediyordu. Evin yakınlarındaki bir kiliseye gittik. Ayin başlamıştı. Arka sıralara oturduk ve dua bittiğinde çıkışa doğru giden kalabalık arasına karıştık. Avluda bir tanıdığa rastladım. Başka zaman olsa onu görmezden gelirdim, ama selam vermemin işimize yarayacağını düşündüm. Mahallemizdeki ev eşyası dükkânının sahibiydi, canlı, geveze bir kadın. Onunla ayaküstü lafladım, Elsa'nın ağzından ise tek kelime çıkmadı. Yanından ayrılıp eve doğru gittik. Yan yana yürürken, bu karşılaşmanın bizim için büyük şans olduğunu, gerekirse ifademizi doğrulayacağını söyledim. Elsa o an silkindi, öfkeyle tepki gösterdi. Kendini aklamaya çalışan bir suçlu gibi davrandığımı söyledi. Altüst olmuştu, ne dediğini bilmiyordu. Ben de aynı durumdaydım ama her zaman soğukkanlılığımı korumasını bilirim.

Eve gidince babamın tembih ettiği gibi, ambulansı ve polisi aradık. O çoktan yola çıkmıştı ve birazdan yanımızda olacaktı. Her şey olması gerektiği gibi gelişti. Polis, daha çok balkon inşaatını yapan firmanın olası sorumluluğunu saptamak için soruşturma açtı. Vittorio önemli bir hukuk bürosunda çalıştığı için gazetelerde de birkaç haber çıktı. O akşam Elsa bavulunu topladı ve babamla Viterbo'ya döndü. Gitmeden önce benimle konuşmak istedi, Vittorio'yla arasında geçenleri açıklamak istiyordu, ama onunla yüzleşmeye hazır değildim. Üstelik onun da kendinde olmadığını görüyordum; sonradan pişman olacağı şeyler söylemesinden korkuyordum. Şoke edici bir deneyim yaşamıştık ve o kolay etkilenen biriydi... Yaşadığımız o korkunç olayı sindirmek için zamana ihtiyacımız vardı. Temelli gideceğini o zaman bilmiyordum. Öğrendiğimde, çok acı çekmeme rağmen, böylesinin daha iyi olacağını düşündüm.

Babam korkunç olayın ertesi günü beni de Viterbo'ya dönmeye ikna etmeye çalıştı, ama kararım kesindi ve Roma'da kaldım. Anlaşılması zor biliyorum, ama o zaman o evde kalmam gerektiğine inandım. Önüme bakmak ve yaşamaya devam etme gücü bulmak için, Vittorio'yla mutlu günlerimizin de geçtiği o evde kalmalıydım. Orada, sadece onunla paylaştığım havayı soluyacak, gömleklerini okşayacak, çarşaflarına sarılacak, fırçasıyla taranacaktım. Sadece bana ait olacaktı hâlâ.

İki ay geçmeden mahkeme kaza raporu vererek olayı kapattı. Elsa o gün yok oldu. Babam bende mi diye sormak için aradı ama kaza gecesinden sonra onu ne görmüş ne sesini duymuştum. Vittorio'ya duyduğumuz aşk bizi ayırmış, ama ölümü daha çok uzaklaştırmıştı. Tüm benliğimle seviyordum onu, kardeşimdi, ama aramıza aşılması zor bir duvar çekilmişti.

Kaçtığı haberi önceleri içimi acıttı. Kendimi bir kez

daha saf ve aptal hissettim. Kaldı ki, Elsa'dan başka ne bekleyebilirdim? Sonuçta kocamı elimden alarak beni sırtımdan bıçaklamıştı. O olmasaydı, ne Vittorio'yla böyle şiddetli kavgalar etmiş olurduk ne de o kaza yaşanırdı. O felaketin hayatlarımızın üzerine, bir daha asla kaldıramayacağımız ağır bir perde gibi indiğini bir kez daha anladım. Adeta bir saplantıya dönüşmüştü: Vittorio ölünce, sonsuza dek onun olacaktık.

İlk fırsatta balkonu yıkmaları ve duvar örmeleri için bir firmayla anlaştım. Bunu Vittorio ya da başına gelenler için değil, kendim için yaptım. O pencereye her baktığımda başım dönüyor, boşluğa düşecek gibi oluyordum.

Olanlar buydu işte. Kardeşimden bir daha haber alamadım. Önce annem, sonra babam öldü ve o hiç gelmedi. Asla. Elli yıl sonra bugün ilk kez görecektim onu. Ama... ama yine trajik bir olay bizi ayırdı."

Giovanna itiraz ediyor: "Neden Elsa'dan haber alamadığınızı söylüyorsunuz ki? Bunca yıl bir sürü mektup yazdı size!"

Elena da sitemkâr: "Evet, neden onları hiç açmadınız? Neden geri gönderdiniz?"

"Hangi mektuplar?" diye soruyor Signora Conforti.

"Kardeşinizin İstanbul'dan gönderdiği mektuplar! Bunlar!"

Sergio masanın bir köşesinde duran mektupları gösteriyor. Eskimiş bir kurdeleyle bağlı bir tomar mektup.

"Ah, onlar," diyor Adele. "Sanki birkaç mektup her şeyi halledebilirmiş gibi."

Sesi bir anda mezar taşı gibi sertleşti. Geçmişte yaşadıklarını anlatırken sergilediği o hassasiyet ve duygusallıktan eser kalmadı.

Gerçekte kim o kadın?

İstanbul, 9 Haziran 1979

Sevgili Adele,

Geçtiğimiz pazar Madelyn'in küçük oğlu Mehmet'in sünnet düğününe gittim. Sünnet, Müslümanların çok eski çağlardan beri uyguladığı, erkek çocukların yaşadıkları topluma resmen kabul edilmelerini temsil eden ve derin dinî anlam taşıyan bir ritüel. Madelyn'in kocası Can inançlı bir insan ve bu tören için hiçbir masraftan kaçınmadı. Müzik ve leziz yemeklerle şenlenen harika bir törendi. Geç saatlere kadar yedik, içtik ve dans etik. Sonunda çocuklar da biz yetişkinler de yorgunluktan bitkin haldeydik.

Madelyn ve Can çok iyi iki dost. İki çocuklarıyla birlikte –Mehmet'in dışında bir de Füsun adında altı yaşında bir kızları var– ikinci ailem oldular. Onlara hep güveneceğim, ilginç bir yaşlı kadın haline geldiğimde de bana her zaman kapılarının açık olacağından şüphem yok. Otuz-kırk yıl sonra kendimi böyle görüyorum çünkü: Büyük düşmana, yani acımasızca akıp giden zamana karşı, yüzünden eksik etmeyeceği gülümsemesi, rengârenk giysileri ve yeri geldiğinde acımasız olmaktan geri durmayacağı espri duygusu ve hatta alaycılığıyla mücadele eden iflah olmaz bir maceraperest.

İtiraf edeyim, Madelyn ve Can'ın ileride benimle yaşamasını çok isterim. Evim yeterince büyük. Ve bana iki oda yeterli. Bana arkadaş olurlar, kira ödemekten de kurtulurlar. Ama henüz erken. Özgürlüğün ve yeri geldiğinde de yalnızlığın hâlâ tadını çıkarıyorum. Eve girip çıkan dostlarım ve sevgililerim için bahaneler bulmaya hiç niyetim yok. En azından birkaç yıl daha...

Can bir ihracat-ithalat firmasında muhasebeci, Madelyn de evde dikiş dikmeye devam edebilir. Giriş katında hiç kullanmadığım bir oda var: Atölyesi için ideal. Er geç bu projemden bahsedeceğim ona. Sevinçle kabul edeceğinden eminim. Benden en az on yaş küçük olmasına rağmen bana karşı samimi bir şekilde koruyucu. Beni seviyor. Ben de onu. Güçlü, karakter sahibi bir kadın. Ender bulunan insanlardan.

Sünnet düğünü, bir kuzeninin, kendilerininkinden daha büyük ve konforlu olan evinde yapıldı. Başlangıçta davetliler hem çok heyecanlı hem gergindi: Ne de olsa kanlı bir operasyon, çocuğun penisinin ucundaki deri parçası kesilerek alınıyor. Biz Batılılara vahşi bir işlem gibi gelebilir, ama yıllar önce bir arkadaşım bunun hijyen ve sağlık açısından faydalı olduğunu söylemişti. Doğal olarak, kesici aletleri, kan ve acıyı çağrıştıran bir geçiş töreni. Bir adak. Bir hafta boyunca kutlanan, İslam âleminin en büyük dinî bayramı Kurban Bayramı'nda adananlar gibi. Kuran'da anlatılan, Hz. İbrahim'in oğlu Hz. İsmail'i Allah'a kurban etmesi olayını hatırlamak için, bayramda hayvanlar, özellikle de koyun ve keçiler kesiliyor. Hikâyeyi merak ediyorsan anlatayım: Baba tam bıçağını çıkarmış ve dünyada en çok sevdiği varlığın boğazını kesmek üzereymiş ki, Allah çocuğun yerine öldürmesi için bir koç göndermiş. Bilirsin, Eski Ahit'te de anlatılır bu hikâye... Bu bayramda inancın sınanmasının ardından Tanrı'ya boyun eğme ve bunun karşılığında korkulan felaketin bertaraf edilmesi kutlanır.

Peki ya biz? Biz neye boyun eğeriz? Yoksa özsaygımızı korumak adına onurumuz da dahil her şeyi kurban edebilir miyiz? Ne kadar ileri gidebiliriz? Bazen kendime soruyorum. Sen sormuyor musun?

İşlemeli uzun gömleğiyle bir prensi andıran Mehmet önce çığlığı bastı tabii, ama sonra konuklar tarafından teselli edilip amcalarının kucağında salon içinde gezdirildiğinde ortamdaki gergin hava dağıldı: Operasyon başarıyla tamamlanmıştı ve eğlence başlayabilirdi.

Acı dolu çığlığı, yıllar öncesinin bir pazar gününü hatırlattı. O gün de biri kurban edilmişti. Ama kimse bağırmadı. Suskun kaldık, senle ben.

Sık sık düşünüyorum o sabahı. Söyleyecek çok şey var, ama sonuçta hepsi tek bir anlama geliyor: Biliyorduk, sen ve ben... Ve onu durdurmak için hiçbir şey yapmadık.

Vittorio'nun, geriye tek bir adım bile atması halinde düşeceğini biliyorduk.

Arkasındaki boşluğu görüyorduk, ama sustuk.

Uzun süre bakıştık ve kararımızı verdik. Ya onun ya bizim ölümümüzdü söz konusu olan, böylece kendimizi kurtarmayı seçtik.

Şimdi yüz yüze konuşuyor olsak sana aynen böyle derdim.

Karşımıza bir fırsat çıktı ve biz değerlendirdik. Hayatta kalma fırsatı.

Biraz daha gerilemesi için onu suçladın. Ve ağzımızdan tek bir uyarı sözü çıkmadı.

Şimdi sen, onu uyarmak için çığlık çığlığa bağırdığımızı söyleyerek, olayları kendi inandığın şekilde anlatabilirsin. Ama içinden gerçeğin ne olduğunu biliyorsun.

Bense en kolay yolu seçtim: Yaşananları kimsenin bilmeyeceği, kimsenin sorgulamayacağı bir yere göç ettim.

Gerçek şu ki her şeyin farkındaydık ve olmasına izin verdik.

Sonuçta sevgi üstün geldi; bizi birbirimize bağlayan sevgi. Anlamam zaman aldı. Ama gün geçtikçe her şey netlik kazandı. Sen de bu sonuca varmadın mı?

Bunca yıl aramadın beni, annem ve babam öldüğünde bile haber vermedin. Cenazelerine katılmaya cesaretim olur muydu bilmiyorum, ama sen, bana buna karar verme fırsatı bile tanımadın. Olan biteni sonradan başkalarından öğrendim.

Önemli değil; zira hayat bir nefes gibi akıp gidiyor. Ve geride yalnızca, isteyip de yapamadıklarımızın özlemiyle, bizi biz yapan tüm yaşanmışlıkların farkındalığı kalıyor.

Biz, hayat yolları aynı adamı sevecek ve öldürecek kadar kesişen iki kardeş olmaktan asla vazgeçmeyeceğiz. Bizi birbirimizden uzaklaştıran ve deliliğin eşiğine sürükleyen o adamı... Bizi rencide eden, aldatan, yaralayan. Hatta bize kötülüğünü bulaştıran.

Sevginin, günahın, cezanın birleştirdiği biz kadere meydan okuduk.

Yıllar içinde kendine başka neler anlattın bilmiyorum. Aynanın önünden geçerken gözlerini kaçırıyor musun, yoksa sorumluluklarını sırtlayarak cesurca kendine bakıyor musun?

Babam dostları sayesinde, hukuki konuları hızlıca halletti. Ailenin onurunu zedelemeden durumu düzeltmek beklediğimden de kolay oldu. Sonuçta istenmeyen bir kazaydı, değil mi? Evde kurbanın dışında kimse yoktu... Hemen evden çıkmamız ve her şey olup bittikten sonra dönme numarası yapmamız, itiraf edeyim, çok zekice bir hamleydi. Aramızda hiçbir kavga geçmemiş gibi.

O yalan midemi bulandırdı. Gereksiz bir ikiyüzlülük gibi geldi. Sense yılların oyuncusu, en iyi performansını sergileyen bir primadonna edasıyla davrandın. Belki gerçekten öyle olduğuna kendini inandırmışsındır.

O an sırf bu yüzden senden nefret ettim, çünkü yaptık-

larımız ve yapmadıklarımızdan dolayı içim rahat değildi. Yine de seni sevmekten vazgeçmedim, biliyorsun. Bir an bile.

Vittorio bizim hastalığımızdı, ikimizi de perişan eden ağır bir hastalık. Onun yüzünden en korktuğumuz şey başımıza geldi: İki yitik ruha dönüştük.

Bir karar vermemiz gerekiyordu: Ya onunla birlikte acı çekecek ya da yaşamaya devam edecektik.

Hepsi bu.

Ama kurtulduk. Gelgelelim suçlarımızın tutsağı olup birbirimizi tüketmeye devam ettik.

Aynı tutkuyla yanıp tutuşurken, iki sevgili gibi ayrıldık.

Daha ne söyleyebilirim bilmiyorum, tek bildiğim artık sana yazmayacağım. Yaşayanlar arasında hayatın tadını çıkarırken, peşimi bırakmayan hayaletlerle konuşmanın başka bir yolunu bulacağım.

Elveda...

Kardeşin, aynı zamanda
suç ortağın, arkadaşın

Giovanna pencereyi açıyor. Yıldız çalısının kokusunun sindiği hava odayı kaplayıp, onu gerçek dünyaya döndürüyor. İçindeki sıkıntıdan kurtulması gerek. Adele'nin o evde yaşanan korkunç olaya dair anlattıkları sadece kendisini değil, onu dinleyen altı arkadaşı da derinden etkiledi.

Adele Conforti kalkıyor. "Gitme vakti geldi." Bu kez sesi kararlı, itiraz istemiyor. Sonra Sergio'ya dönüp sitem ediyor: "Bir şey unutmadınız mı delikanlı?"

Sergio şaşkın bakıyor.

"Mektuplarım."

"Ah tabii, özür dilerim..."

Bir an için onları unutmasını dilemişti. Nasılsa yıllarca yok saymıştı. Hatta geri göndermişti! Ama Elsa ölünce belli ki bir şeyler değişti. Adele şimdi onları istiyor ve Sergio gönülsüzce veriyor.

Kadın hafifçe gülümsüyor: Aklından geçeni anladı sanki. Mektupları tartar gibi elinde tutuyor, sonra çantasına atıyor.

"Elsa'nın mektuplarını neden açmadan geri gönderdiğimi sormuştunuz." Sesinde bir nebze hüzün var. "Cevap çok basit; çünkü ona öfkeliydim. Desteğine en çok ihtiyacım olduğu zaman çekip gitmiş, beni bir başıma bırakmıştı. En kolay yolu seçmişti, kaçmayı. Bense kendi matemimi Roma'da, insanların yapmacık merhameti ve bitmek bilmeyen hastalıklı merakına maruz kalarak yaşadım. Nasıl olmuştu? Vittorio korkuluğun olmadığını nasıl fark etmemişti? Elsa neden gitmişti? Dostlar, akrabalar, tanıdıklar; herkes, arkamdan konuşmak için can sıkıcı detaylar arıyor, sanki hayatta kalmamı affetmiyor gibiydi. Kendimi korumak için yeterince kalın bir zırh kuşanmam hayli zaman aldı. Ve kendimi ne zaman daha güçlü hissetsem, Elsa'dan, beni terk ettiğini hatırlatan bir mektup geliyordu. İşte o zaman yeniden tokat yemiş gibi oluyordum. O kilometrelerce uzakta, İstanbul'da ya da gittiği herhangi bir yerde hayatını yaşarken, ben ihanetinin sonuçlarına tek başıma göğüs geriyordum. Nasıl affedebilirdim onu? Bana yalnızca kötülük yapıyordu. Ve mektupları daha da zarar verecekti. En iyisi hiç açmamak, ondan olabildiğine uzak durmaktı. Ve bir şey söyleyeyim mi? Fikrim hiç değişmedi. Eğer bugün onları bir tehdit olarak görmüyorsam, hayat artık benim için tehlikeli olmaktan çıktığı içindir."

Adele, odanın ortasında ayakta duruyor. Gitmeye hazır.

"Bekleyin, neredeyse unutuyordum! Bir de bu var." Giovanna çekmeceden, yanlış adrese gönderilen mektubu çıkarıp Adele'ye uzatıyor. "Kardeşinizin sanırım. Birkaç gün önce geldi, size haber verme fırsatını bulamadım..."

Kadın mektubu alıp tek kelime etmeden çantasına, diğerlerinin yanına koyuyor. Tek tek, Sergio ve Giovanna, Annamaria ve Leonardo, Elena ve Giulio'ya bakıyor. Hepsinin gözlerinde derin bir hayal kırıklığı okunuyor. Elsa, İstanbul'dan ne yazmıştı? Mektupların içeriğini asla öğrenemeyecek, hikâyeyi onun ağzından asla dinleyemeyecekler. O trajik aşk hikâyesini...

"Çoğu insan gizlice sever, entrika çevirir, aldatır.

Kardeşimle ben değil, hayır. Artık değil." Adele yüzünde yarım bir tebessümle sanki kendi kendine konuşuyor. "Biz birbirimize karşı hep dürüst olduk. Aramızda hiçbir sır olmadı."

Bu arada çantasından altın rengi garip bir obje çıkarıyor: Sigarasını taktığı, bir ucu pensli ince bir çubuk. Çubuğun diğer ucu, mücevher gibi parmağına geçirdiği bir halka şeklinde.

Sigarasını yakıyor ve tek kelime etmeden arkasını dönüp gidiyor.

Teşekkürler

Elsa ve Adele'nin hikâyesini yazma fikri yıllar öncesine dayanıyor. *İstanbul Kırmızısı*'ndan çok daha öncesine. Sonra bu projeyi rafa kaldırdım. Ama iki yıl önce yayıncım Nicoletta Lazzari'yle konuşurken tekrar aklıma geldi ve onun ısrarları sonucu hikâyeyi geliştirmeye karar verdim.

Hikâye şimdi farklı bir versiyonuyla gün ışığına çıktıysa bunu Nicoletta'ya borçluyum. Nicoletta Lazzari ve Adelaide Barigozzi'ye değerli önerileri için teşekkür ederim. Yazım süreci boyunca desteklerini esirgemediler.

Şarkılarıyla günlerimi renklendiren sevgili dostum Mina, kitabımı ilk okuyan kişi oldu. Teşekkürler Mina.

Romanın Türkiye macerasında çeviri işini yüklenen sevgili dostum Neval Barlas'a, yayıma hazırlama aşamasında yerinde öneri ve düzeltileri için editörüm Cem Alpan'a, Can Yayınları'ndan editör Nükhet Polat'a, pazarlama müdürü Ezgi Sağır'a ve genel müdür Ali Granit'e teşekkürler.

Her zaman yanımda olan Nazlı Birgen'e teşekkürler.

Ve yıllardır eşsiz sesiyle filmlerime ayrı bir tat katan canım arkadaşım Sezen Aksu'ya teşekkürler.

Son olarak, hayatta asla yeterince teşekkür edemediğim, üzerimde çok emeği olan Simone'ye sonsuz teşekkürler.